KB206541

마음만은
공중부양

마음만은
공중부양

오늘도 수고해준 고마운 내 마음에게

글·그림

정미령

싱긋

매 순간 흔들리지만

가만히 들여다보고

또다른 새로움을 느끼며

조금 더 가벼워지기를

차 례

2장

내 삶의 속도는

4장

잘 늙고 싶다

5 장
사사로운 하소연

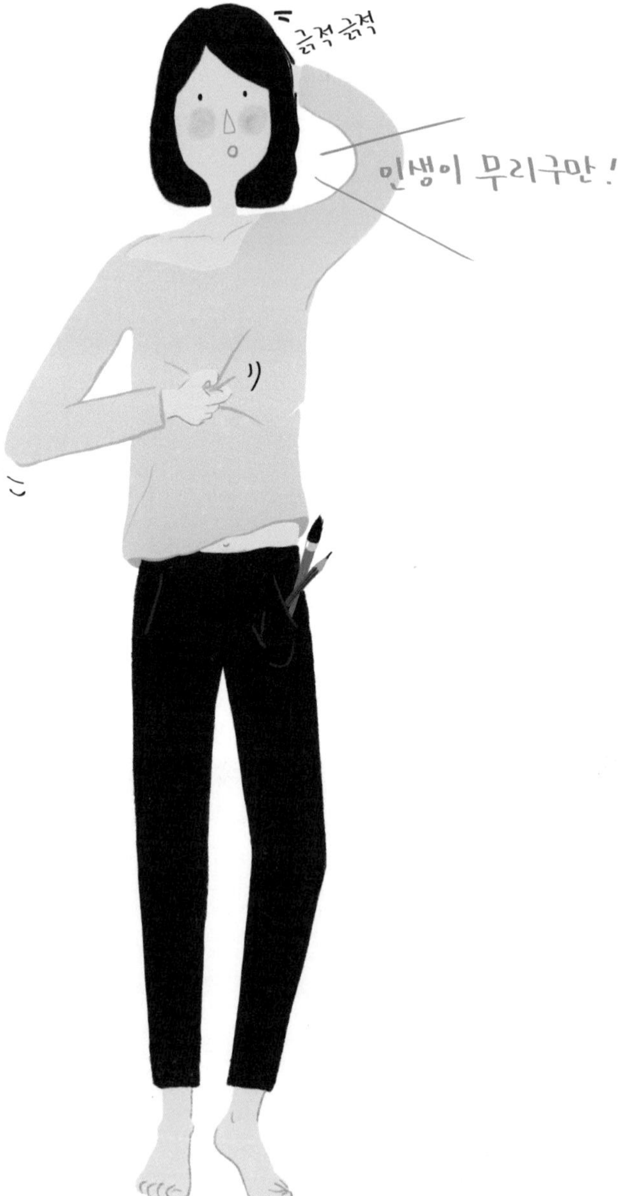
긁적긁적
인생이 무리구만!

무리씨

직업 : 그림 그리는 사람

결혼 : 미혼

취미 : 내 탓하기, 관찰하기, 생각하기

특징 : 꼰대가 되지 않기 위해 노력중.
　　　귀가 얇아 수시로 흔들림.
　　　자존감이 낮아서 스스로 매번 작아짐.
　　　사회생활에서 늘 짐.
　　　돈에 연연해하지 않고 사는게
　　　멋있다고 생각하지만 늘 돈 없음에
　　　아쉬워하며 살고 있음.
　　　깨닫고자 하지만 그 마음 자체도
　　　욕심이라 생각해서 진정 깨닫지 못함.
　　　인간은 모순덩어리라고 생각함.

그림을 그리며 멋지게 살아가고 싶지만 매달 생계를 걱정한다.
삶은 생각과 많이 다르다는 것을 어느 정도 살아보고 나서야 알았다.
미리 계산하지 못하는 걸 보니 머리가 그다지 좋지는 않은 것 같다.
지난 삶을 후회하고 싶지 않지만 후회는 늘 찾아온다.
가끔씩 쓸쓸한 밤이면 괜히 나 자신을 탓하곤 한다.

이 기록은 어디에도 속하지 못한 채 부유했던
나의 일상에 대한 기록이다.
지나온 날들의 나를 이렇게 마주하면서
조금은 너그러워진 스스로를 느끼며
이것 또한 세월의 덕이 아닌가 싶다.

이제는 지나온 날들의 어리숙한 나에게 조금은 미안하다고,
그렇게 사과하고 싶다.
때론 괜찮지 않아서 오히려 괜찮았다고,
그런 너의 시간들이 나쁘지 않았다고,
그렇게 말해주고 싶다.

1장
흔들리는 인생

일단 멈춤.

욕심 부린다고 나아지지 않아.

좀 쉬어도 괜찮지 않을까?

마음만은
공중부양

늘 흔들리는 인생.

건강하게 자라 의무교육을 받고 사회에서 필요한 자격들을 취득하며 열심히 살았는데도, 여전히 삶은 잘 모르겠고 익숙한 듯하면서도 꽤 낯설고 힘이 든다.

무언가를 해야 한다는 강박과 인정받고 싶은 욕구와 갖고 싶은 것들에 대한 욕심 속에서 나는 아직도 부단히 흔들린다.

앞으로 나아가야만 할 것 같은데, 그저 아무것도 하지 않아도 괜찮고 싶다.

그 무엇에도 흔들리지 않고 오롯이 존재하고 싶다. 몸은 현실에 묶여 있지만 마음만이라도 공중부양하고 싶은 느낌이랄까.

현실의 땅에 발 닿지 않고 자유롭게 부유할 수 있다면 마음이라도 편안해지지 않을까.

그 무엇에도 흔들리지 않는 초연한 마음을 갈구하며 얕은 잔머리로 오늘도 마음의 탈출구를 찾아본다.

먹고사니즘

열심히 공부해서 대학에 가면 먹고사는 건 문제가 없을 줄 알았다.

입학 후 넉넉지 못한 형편 때문에 학비와 생활비를 벌어야만 했다.

매일 아르바이트를 두 개씩 하다보니 학교생활을 잘하는 건 고사하고, 열심히 하는 것도 무리였다.

겨우겨우 졸업을 하고 본격적으로 생활전선에 뛰어들어 돈을 벌었지만 사는 건 여전히 녹록지 않았다. 아주 조금씩 나아지기는 했지만 그렇다고 살기가 더 편해진 건 아니었다.

직장 일은 내게 많은 책임감을 지우고, 시간의 자유는 점점 더 없어지고……

그런 생활들이 반복되다 결국 지쳐버렸다.

아무것도 하고 싶지 않아졌다.

그러다 문득 이런 생각이 들었다.

"그때 왜 그렇게 열심히 공부한 거지?"

이런 패턴대로 살지 않는 누군가는 내게 이렇게 말할 것만 같다.

"왜 그렇게 사니?"

왜 저렇게 살지?

밧줄,
밥줄

잘 먹고 잘 산다는 건 어떤 것일까.

살 만해지기 위해서는 돈을 얼마나 벌어야 할까?

돈을 벌다보면 오히려 계속 돈이 부족하다는 것을 느끼게 된다.

돈을 벌지 않던 시절에도 돈이 부족했는데 돈을 버는 성년이 되어서도 돈은 늘 부족하다.

나의 물욕이 커져서 부족하게 느끼는 건지, 아니면 정말 살아가는 데 돈이 많이 필요한 것인지 알 수가 없다.

어디까지가 살아가는 데 필요한 만큼의 적정선인지 모호하다.

돈을 벌어야 한다는 생각이 한 치의 고민 없이 들었기에 당연히 학교 공부와 아르바이트를 병행하며 살았다. 돈이 필요했기에 고민 없이 돈을 벌었고 아르바이트라도 할 수 있어서 참 다행이라고 생각했다. 가까스로 졸업을 하고 당장 돈이 되는 직업을 선택했다. 그렇게 입시미술학원 강사가 되었다. 꿈꾸던 직업은 아니었지만 그래도 내가 나름 잘하는 일이라는 것을 학생들을 가르치면서 알게 되었다. 그리고 배운 게 도둑질이라고 할 줄 아는 게 그림밖에 없었다.

서른 즈음 돈이 조금씩 모이기 시작했다. 지방에서 올라와 대학생활을 하면서 생계를 위한 기본 지출이 많았던 내게 돈이 모이는 것은 참 다행스러운 일이었다.

그렇게 일을 하다보니 일의 관성에서, 월급의 관성에서 벗어나기가 쉽지 않았다.

'월급=밥줄'이 되어버렸다.

서른세 살이 되던 해, 나는 모든 것에 지쳐버렸다.

'왜 돈을 벌어야 하는 거지?

무엇 때문에 이렇게 사는 거지?

그래서 돈을 얼마나 벌고 있고 삶이 어떻게 달라졌지?

나는 뭘 하고 있는 거지······?'

다 놓고 싶었다. 일을 그만두고 싶었다.

돈을 버는 게 재미가 없었다.

돈이 뭐라고 아무 고민 없이 그저 돈을 벌었을까?

돈을 의식하며 살았더니 갑자기 얼마 안 되지만 모아두었던 그 '돈'이라는 것을 다 써버리고 싶었다. 그러기 위해서는 돈을 안 벌어도 괜찮은, 그럴싸한 탈출구가 필요했다.

일을 그만두고 뒤늦게 대학원에 등록하고 작은 차도 샀다.

그것만으로도 돈이 훅 나가버렸다.

대학 때부터 갖고 싶었던 나만의 작업실도 친구와 함께 구했고, 그렇게 2년 동안 생산성 없이 소비만 하는 일상을 성인이 되어 처음으로 가져보았다.

이렇게 살아도 될까 싶었지만 그렇게 살고 싶었다. 돈을 다 써버리면서도 이상하게 걱정이 되지 않았다. 왜 그랬는지 모르지만 정말 걱정이 되지 않았다.

지금 생각해보면 이런 생각이 있었던 것 같다.

'무일푼으로 서울에 와서 빚 안 지고 남에게 해 안 끼치고 여태껏 살았다면 앞으로도 뭐든 하면서 살 수는 있을 거야.'

물론 돈은 금세 바닥났고 다시 돈을 벌어야만 했다.

파트타임으로 강의를 하고 작업실에서 그림 수업도 시작했다. 단지 이전과 달라진 점은, 비슷한 일을 하는데도 스트레스는 덜하다는 것이었다.

'늙었나? 늙어서 괜찮아진 건가?'라는 생각도 들었지만, 그보다 또 다른 나의 삶이 있다는 걸 쉬는 동안 알게 되어서인 것 같았다.

예전에는 일하는 나만 있었다면 지금은 다른 것도 할 줄 아는 내가 있다. 이걸 알게 되니 일 때문에 기분이 상하거나 예민해지는 부분이 줄었다.

수입은 줄었지만 표정은 더 밝아지고 스트레스 받지 않을 정도로 일하니 삶이 조금 더 만족스러웠다.

'일=나'가 아니라 다른 내 모습을 느끼는 시간들이 찾아오니 삶을 대하는 마음이 조금 풍성해졌고, 통장 잔고는 줄었지만 시야는 더

도대체
이놈의 밥줄을 놓거도 못하고...
일 안 하고도
먹고살 수 있음 좋겠다.ㅠㅠ

넓어졌다. 그게 좋았다.

아등바등 매달리던 밧줄을 끊어보니 감사하게도 조금은 나다운 밧줄이 생겼다.

더디게 자신을 알아가다보니 벌써 마흔이다.

이제야 조금 삶이 보인다. 나다운 인생 줄이 보인달까.

물론 안정적이지 못하고 힘든 상황들은 계속될 것이지만 삶은 늘 부족하고 불안한 것이기에 나답게 즐기면 된다. 그렇게 삶을 만들어가면 될 것 같다.

잘하는 것과
하고 싶은 것

나는 그림을 그리는 사람이다.

하지만 스스로 생각건대 그다지 잘하는 것 같지는 않다.

10년이면 강산도 변한다는데 20년 넘게 한 분야에서 전공자로 일했지만 여전히 나의 실력은 한없이 부족하게만 느껴진다.

어느 날 오랜 친구들에게 물었다.

"너희는 나를 가장 가까이서 봐왔으니

내가 제일 잘하는 게 뭔지 알지? 나는 뭘 제일 잘해?"

한결같은 대답이 나왔다.

"너? 운전."

"운전. 베스트 드라이버!"

"ㅋㅎ 운전."

운전을 잘한다는 만장일치의 의견을 들었다.

아⋯⋯ 운전. 나는 운전을 제일 잘하는 거였다.

운전이라⋯⋯

운전은 내가 잘하고 싶어서 잘한 게 아닌데, 잘하고 싶은 건 그림인데.

그래도 잘하는 게 하나라도 있으니 다행이다.

나중에 내가 잘하는 운전으로 직업을 바꿀 가능성도 생겼고,

운전면허증을 딸 때 혹여 트럭을 몰 일이 있을지도 모른다는 생각

에 1종 보통 면허를 땄는데 왠지 잘한 것 같다.

마치 든든한 보험을 하나 들어둔 기분이랄까.

그렇지만 여전히 나는 그림을 잘 그리는 사람이 되고 싶다.

비록 그림보다 운전을 몇 배로 잘한다 할지라도 말이다.

사람이 잘하는 것만 하고 살 수는 없지 않은가?

나처럼 잘 못해도 하고 싶은 일을 하는 사람도 있어야지.

(그래도 1종 보통 면허를 따놓은 건 참 잘한 일이다.)

문득
그냥 단발

나는 미용실 가는 걸 별로 좋아하지 않는다.

그래서 긴 머리를 몇 년째 고수했다.

긴 머리는 혼자서 대충 잘라도 별로 이상해 보이지 않고,

머리칼이 뒤집어지면 홀렁 묶어버리면 되니 관리하기 더 수월하다.

그리고 긴 머리가 나름 어울린다고도 생각했기에 사람들이 단발로

잘라보라고 권해도 계속 머리를 길렀다.

그러던 어느 날,

그냥 문득 '자를까?' 하는 생각이 들었다.

그렇게 몇 년 만에 미용실에 갔다.

조금은 어색하게 미용실로 들어서서는

"단발로 확 잘라주세요"라고 말했다.

"자를 수는 있는데, 너무 많이 자르시는 거 아니에요?

다시 기르기 힘드실 텐데."

미용사가 걱정스레 묻는다.

"괜찮아요~"

왜 그렇게 쿨하게 대답했는지 나도 모르겠다.

긴 머리카락이 싹둑싹둑 시원하게 잘려나갔다.
단발로 자르고 나니 웬지 기분이 가벼워진 것 같았다.

'아~ 이상하게 기분이 개운하네.'
길게 잘려나간 머리카락을 보니 살짝 아쉽기는 했지만, 이전과는
달리 느낌이 새롭게 바뀌는 듯한 기분이 들어 미소가 절로 지어
졌다.

"그래, 과감한 선택은 때로는 아무 고민 없이 하게 되는 것 같아.
회사를 그만둘 때도 그랬던 것처럼 말이야.
때로는 오랫동안 망설였던 걸 어느 날 갑자기
큰 고민 없이 쉽게 선택할 때가 있잖아.
아무 이유 없이, 그냥 그래야 할 것 같아서 말이지."

아 ~ 시원하다.
미뤄뒀던 숙제를
한 기분이야 ~

내 그럴 줄 알았지

편집 마감에 녹초가 되어버린 나.

다크서클이 장난이 아니군.

그런데 갑자기 프로그램이 작동을 하지 않는다.

지금 무슨 짓을 하고 있는 거지?

왜 프로그램을 지우려고 하는 거니?

프로그램을 잠깐 닫았다 다시 연다는 것을 아예 지워버렸다.

아…… 너무 깔끔하게 지워지는 프로그램…… 삭제라니……

말도 안 되는 실수는 정말 말도 안 되게 쉽게 일어난다.

언젠가는 해야지 하고 미루던 백업을 사실 한 번도 하지 않았다.

이렇게 어이없는 실수로 그림 파일을 모두 날려버릴 줄은 몰랐다.

몰랐었다. 몰랐을 것이다……

컴퓨터는 인간과는 달리 너무 명확하고 쿨해서 삭제와 동시에

흔적도 없이 지우고 마는 무서운 놈이었다.

'뒤끝도 없구나, 너는……'

기계에 너무 의존한 탓인지 아니면 방심한 탓인지,

지난 1년간의 작업들이 저 멀리 날아가버렸다.

휘리릭 휘릭~

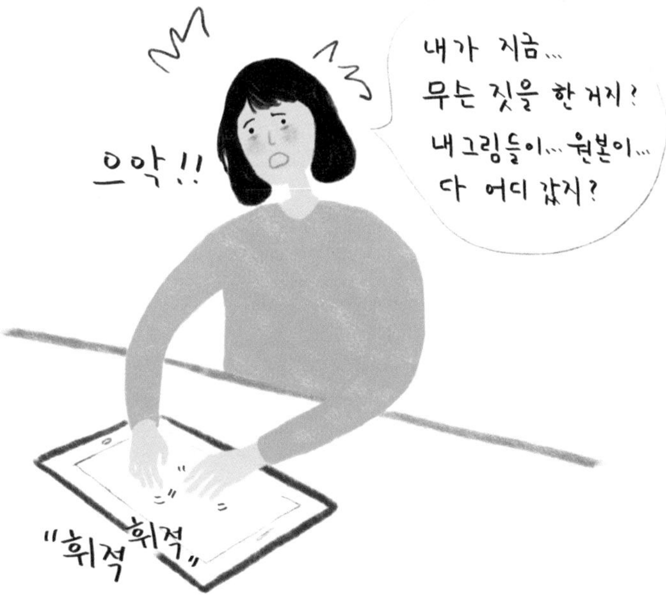
으악!!
내가 지금…
무슨 짓을 한 거지?
내 그림들이… 원본이…
다 어디 갔지?
"휘적휘적"

백업도 안 해놓고, 다른 곳에 저장 한번 안 하다니……

"아, 한심하다"라고 되뇌어본들 달라질 건 없었다.

사실 작업을 하면서도 '백업 한번 해야 하는데'라고 생각만 했었다.

어쩌면 어이없는 실수로 이런 일이 생길 것을 내 무의식은 이미 알고 있었는지도 모른다. 나라는 인간은 모두 삭제되고 복구가 되지 않아야만 다시는 그런 일이 생기지 않도록 준비할 것이기에.

너무 허무하고 어이없게 사라져버리니 자책도 되지만, 일어날 일이 일어난 것 같기도 했다.

언젠가는 생길 일이 생겼을 뿐인지도 모른다는 쪽으로 마음을 몰아가니 기분이 조금 나아졌다.

이번 일을 계기로 삭제를 누른 그날을 백업의 날로 정하기로 했다.

'이제는 백업을 꼭 해놓겠지.'

이러고도 또다시 백업을 안 한다면 정말 내가 싫어질 것 같다.

이렇게 또 하나 실수하고 또 한번 받아들인다.

잔머리

일을 하다보면 요령을 꾀하며 잔머리를 쓰지 않고 그저 꾸준히, 묵묵히 해야만 하는 일들이 있다. 그럼에도 불구하고 어떻게 하면 더 쉽게 빨리 끝내고 더 좋아 보이게 할지 잔머리 굴리는 나를 발견하곤 한다.

잔머리를 쓰는 것이 좋지 않다는 이야기가 아니다. 때로는 그 잔머리로 일을 즉흥적으로 해결하거나 좋은 결과를 내기도 하는데, 그렇게 일을 해결하면 똑똑한 자신을 발견한 것 같고 순발력 좋은 자신이 만족스러워 어깨를 으쓱하게 되기도 한다. 이 마약 같은 경험들 때문에 나이가 들수록 얕은 잔머리만 늘어간다.

하지만 잔머리만 쓰다가 아무 일도 못 하고 그르칠 때도 많다. 특히 사람과 사람의 관계에서 생기는 일들은 잔머리로 해결이 안 될 때가 부지기수다. 얕은 수로 사람의 마음을 얻을 수는 없을 테니까.

때로는 잔머리 대신 그저 묵묵히 나아가는, 우직하고 성실한 시간이 필요하다.

오늘도 그런 스스로에게 한마디 던져본다.

"야, 잔머리 좀 그만 써."

거절
불능

"똑 부러지게 생겨서는 알고 보면 은근 허당이구나!"
자주 듣는 말이다.
겉보기에는 도시 여자 같고 때로는 차갑게 보여 일 처리도 칼같이
잘할 것 같다는 말을 듣지만, 사실은 엄청 우유부단하다는 걸 나를
오래 봐온 주위 사람들은 잘 안다. 손해를 봐도 잘 따지지 못한다.
그런 내가 스스로 답답한 적도 많다. 겉으로는 똑 부러지는 척할 때
도 있지만 이제 스스로 인정하게 되었다. 나는 실없이 신중하고 한
없이 우유부단하다.

어쩔 수 없이 손해를 보게 될 때는 '에이, 그냥 손해 보지 뭐' 하고
넘긴다. 이래저래 계산하고 따지는 것보다 그게 편하다.
내가 할 수 있는 또는 어렵지 않게 해줄 수 있는 것들은 때로는 그냥
해준다. 좋은 말을 듣고 싶어서가 아니라 내게는 어렵지 않은 일이
상대에게는 오래 걸리거나 어려운 일이라고 여겨질 때는 그냥 내가
하게 된다. 그러다보니 계획하지 않았던, 예상하지 못한 일들이 더
러 생긴다.
문제는 그런 일을 호의로 하게 될 때는 상관이 없는데 그게 익숙해
져서 계속 부탁을 받게 될 때다. 호의를 넘어서는 부탁이 계속되면

왜 다들 내게 토스하는 거지?

스트레스를 받는다. 그런데 더 큰 문제는 스트레스를 받으면서도 은근히('은근히'가 맞는 것 같다), 그 부탁을 즐기기도 한다는 것이다. 도대체 왜?

내게 일거리들이 넘어오는 걸 싫어하면서도 또 좋아한다. 나를 필요로 한다는 느낌이 들어서, 내가 해줄 수 있는 것이 있어서, 그렇게 나의 필요성을 느껴서일까?

결국 나는 다른 누군가에게 토스하지 못하고 그 공을 받고 만다. 아마 구기 종목 선수였다면 당장 아웃되는 불명예스러운 선수로 남을 것이다.

"아웃!"

1일 1덤벙

나도 모르게 덤벙대는 버릇. 이제는 특별하지도 않은 일상.
어째서 같은 실수를 반복하게 될까?

내게는 '덤벙병'이 있다.
조심해야겠다고 생각은 하지만 우려했던 일이 매번 일어나고 만다.
'여기에 컵을 놔뒀다가는 내가 쏟을지도 몰라⋯⋯'라고 생각하면
서도 '설마 쏟을까' 하는 마음으로 그대로 뒀다가 기어이 컵을 넘어
뜨려 쏟고야 만다.
오늘도 시원하게 커피 한 잔 쏟고 하루를 시작했다.
문을 나설 때는 꼭 어딘가에 부딪히거나 걸리고, 먹을 때는 흘리고
걷다가 넘어지고⋯⋯
매번 조심하자고 다짐하지만 자석에 이끌리는 자기장처럼 같은 실
수를 반복하는 일상이 이어진다. 꼭 일이 일어난 후에야 "아, 이럴
줄 알았어!" 하고 자책한다.
이런 모습도 나의 모습이니 어쩔 수 없다고 매번 생각하면서 오늘
도 같은 실수를 반복한 스스로에게 꿀밤을 한 대 콕 쥐어박았다. 한
두 번도 아니고 어김없이 반복되는 실수다.

실수.

맨날 쏟고

맨날 부딪히고 ...

맨날 걸리고 ...

맨날 넘어지고 ...

맨날 흘리고 …

몰라서 하는 실수도 있지만 알고도 하는 실수가 있다.

한번 생긴 습관은 좋은 것이든 안 좋은 것이든 잘 고쳐지지 않는다.

몰라서 하는 실수는 어쩔 수 없지만 예상하고도 하는 실수에는 늘 자책이 따른다. '왜 맨날 나는……' 하고 다그치기 일쑤다.

하지만 덤벙대는 모습도 나의 모습이 아닐까?

실수도 한두 번 해야 실수지, 평생을 이렇게 살아왔으니 실수라고 할 수도 없을 것 같다. 이런 게 나 자신이라는 걸 이젠 인정할 때도 됐다. 스스로를 향한 타박을 멈추고 나 자신을 좀 귀엽게 봐줘야겠다. 어쩐지 똑 부러지고 완벽한 것보다는 조금 비어 보이더라도 무르고 부드러운 게 좀더 좋더라. 덤벙병, 어쩌면 이건 병이 아니라 내 취향인지도 모르겠다.

게으름
스트레스

말하고 생각한 것에 비해 실제 행동으로 결과를 만들어내는 일은 말처럼 쉽지 않다. 지나가듯 말한 계획들을 어렵지 않게 실행하는 사람들이 있는 반면 생각으로만 그치고 마는 사람들도 있다.

내 경우도 그렇다. 머릿속의 생각들을 결과물로 만들어보려고 몇 번씩 다짐은 하지만 늘 지각 인생처럼 그 시기를 놓치거나 진행이 더디다. 조금 더 부지런한 나를 기대하지만 지금껏 살아온 모습을 보니 게으른 습관은 쉽게 고쳐지지 않을 것 같다.

부지런한 것과 게으른 것은 어떻게 바라보느냐에 따라 달라지는 하나의 관점일 뿐이다. 하지만 게으르다는 말에서 느껴지는 부정적인 느낌 때문인지 게으르다는 생각이 들면 괜한 스트레스를 받곤 한다.

그런 나에게 말해주고 싶다.
"욕심부린다고 나아지지 않아. 느려도 괜찮아."

꾸물꾸물

게으르지만 괜찮아,

원룸

스무 살에 올라와 혼자 살아가야 했던 서울,

이곳에서의 삶은 만만치 않았다.

열심히 일했는데 사는 모양새는 좀처럼 달라지지 않았다.

좁은 원룸에서 벗어나 집 안에서도 동선 있게 걸어다닐 수 있는 곳으로 가고 싶은 마음은 굴뚝같았지만 서울에서 그런 집을 구하기는 쉽지 않았다.

매년 아파트는 엄청나게 지어지고 인구는 점점 줄어든다는데 왜 내집 마련은 이렇게 어려운 것일까? 도대체 누가 그 많은 집들을 가지고 있는 걸까?

집을 사는 건 고사하고 원룸 전세를 얻는 것도 쉽지 않았다. 살려고 발버둥치다보니 매 순간 쉬고 싶어도 못 쉬었다.

어느 날 너무나 지쳐버린 내가 싫어져 '일단 멈춤'을 하기로 결심했다. 온종일 꼼짝도 하지 않고 이불 속에 누워서 내린 결론이었다.

결심을 하고 나니 덜컥 겁이 나면서도 가늠할 수 없는 미래에 대한 기대가 생기기도 하고, 또 이렇게 결정을 내린 스스로가 대견하게도 느껴졌다.

그러나 그것도 잠시……

그만두자. 직장을 그만 다니자.

'근데 일을 안 하면 계속 원룸에서만 살게 될까?'
'후회하면 어쩌지?'
걱정이 밀려들었다.

그래도 그런 걱정들은 후불로 미뤄두고 일을 그만두기로 결심했다. 좀 쉰다고 해서 큰일이 나는 것도 아니고 더 일한다고 엄청난 부자가 될 것도 아닌데 고민은 그만하자고, 내 마음의 소리도 좀 들어주자고 다독이면서 말이다.

그렇게 좀 쉬어도 괜찮을 것 같다는 생각이 들었다.

2장
내 삶의 속도는

이런저런 일을 겪으면서 나이를 먹었다.

삶은 생각한 대로 살아지지 않았다.

나이가 들면 사는 게 더 쉬워질까?

부족과
부족하지 않은 것

부족과 부족하지 않은 것의 차이.
일을 하면 돈은 적당히 있지만 시간이 부족하고
일을 하지 않으면 돈은 부족하지만 시간이 많다.
결국 모두 갖기는 어렵다.
그래서 나는 조금은 쉬운 선택을 했다.

돈을 가지려면 열심히 일을 해야 하지만
시간을 가지려면 아무것도 하지 않아도 된다.
아무것도 하지 않고도 부자가 될 수 있다니!
그렇다면 내 선택은 시간이다.

나는 부자다.
시간 부자.

혼자서
카페

요즘은 카페가 참 많다.

나도 한때는 작은 카페를 하고 싶어서 커피 공부를 하고 카페페어도 가고 커피 재료들도 엄청 사들이고 혼자 커피도 볶으면서 카페를 하는 꿈을 꾼 적이 있었다. 그런데 나같이 게으른 사람이 카페를 했다가는 하루에 몇 잔이나 팔까 싶다.

지금 생각하면 카페를 하지 않은 것이 참 다행이다.

커피라는 것이, 카페라는 공간이 언젠가부터 사람들에게 편안한 공간, 일상의 문화 공간, 삶의 휴식 같은 역할을 하면서 카페 주인을 꿈꾸는 사람이 많아졌다. 현대 도시인의 삶에서 카페는 딱딱한 콘크리트 사이에서 숨쉴 수 있는 숲 같은 중요한 공간이 되었다.

내가 대학생 때는 카페가 지금처럼 많지 않았고 카페에서 시간을 보내는 일도 지금처럼 자연스런 일이 아니었다. 그때는 카페에 가는 것이 일주일 중에 한 번 정도 누리는 호사였다. 그런데 요즘은 하루 한 번, 많으면 두 번을 가기도 한다. 그만큼 요즘의 카페는 자연스럽고 편안한 공간이 되었다.

작업을 하러, 공부를 하러, 대화를 하러, 생각을 하러, 시간을 보내러, 데이트를 하러 사람들은 카페를 간다.

예전과는 달리 혼자 카페를 찾는 사람도 많다.

혼자 가도 어색하지 않은 공간이 카페 말고 또 있을까?
오늘도 주변을 돌아보니 혼자 카페에 온 사람들이 많다.
다들 무언가를 열심히 하고 있다.
카페에서 일을 할 때는 바쁨 속에서도 여유를 찾으려는 느낌이 드
는 것 같아, 일 때문에 스트레스 받으면서도 커피를 마시며 위로받
는 느낌이 동시에 든다.
뭔가 그럴듯한 현대인의 삶을 누리는 것 같은 착각을 하게 되는데
그 느낌이 나쁘지가 않다.
나도 오늘 여유롭게 카페라테 한잔 마시며 작업을 하려고 노트북을
꺼냈다. 사람들의 웅성거림이 있지만 카페에서 작업이 잘될 때가
있다. 카페는 언제가부터 내게 그런 공간이 되었다.

월급이 없을 때는 예쁜 옷이 더 많이 보이고
사고 싶은 물건도 더 많다.
때로는 꼬박꼬박 입금되는 월급이 무척 그리울 때가 있다.

"아, 월급 받고 싶다."

아, 예쁘다...

때론 안정적인 월급이 그립습니다.

열등 계단

내 기억에 어릴 적 나는 지기 싫어하는 성격이었다.

지금은 초등학교라고 부르지만 내가 다닐 때는 초등학교를 국민학교라고 부르던 시절이었다.

그 시절에는 고무줄놀이가 여자아이들의 놀이 중 가장 인기 있었다. 팀을 나눠 내기를 걸고, 햇볕에 그을려가며 열심히 고무줄을 뛰었던 기억이 난다. 또 잘하는 아이가 나와 같은 팀이 되면 정말 기뻤다. 그리고 나도 그렇게 잘하고 싶었다.

고무줄놀이의 클라이맥스는 손에 잡은 고무줄을 머리 위로 바짝 들어올리는 마지막 단계다. 대부분 그 단계에서는 성공하기가 힘들어 시도조차 하지 않는 아이들도 많았다. 하지만 나는 포기하지 않고 고무줄에 닿기 위해 힘껏 점프를 하며 애를 썼다. 다리가 닿지 않으면 팔로 땅을 짚고 텀블링을 해서라도 고무줄에 발을 닿게 하고야 말았다.

또다른 놀이인 공기놀이를 할 때는 남들보다 점수를 많이 내고 싶어서 손등에 공기를 올리고 다섯 개를 동시에 잡는 마지막 단계를 혼자서 열심히 연습했다. 그 결과 에이스는 아니어도 꽤 잘하는 축에 들게 되었고 무슨 벼슬이라도 되는 양 친구들 앞에서 의기양양해했다. 이제 와 그때를 떠올리니 좀 부끄럽기도 하다.

인정받고 싶었던 걸까? 지기 싫었던 걸까? 순수했던 걸까?

지금 생각하면 뭘 그렇게까지 열심히 했나 싶다.

그랬던 내가 나이가 들어가면서 집요했던 집착과 지기 싫어했던 의지가 점점 약해졌다. 남들처럼, 때로는 남들보다 더 열심히 일하며 바쁘게 살아왔지만 사회적으로 크게 나아가지는 못했다.
세상을 향해 쭉쭉 나아가는 사람들을 보면서 나 혼자 제자리걸음을 하고 있는 듯 느낀 적도 있다. 때로는 상대가 너무 앞서가서 오히려 내가 도리어 한 계단씩 내려가는 것처럼 느껴지기도 했다.
열등감일까? 자격지심일까?
어릴 때는 그런 기분을 느끼기 싫어 혼자 더 열심히 애쓰곤 했는데 이제는 그렇게 아등바등하지도 않는다.
자신이 없어서일까? 하기 싫어서일까?

사회적 성공이나 겉으로 보이는 삶이 전부가 아니라는 걸 알면서도 비교하고 있는 나 자신이 한없이 못마땅할 때가 있다. 가만있어도 남들이 승승장구하면 어쩔 수 없이 열등 계단을 내려가는 기분이 든다.
그럴 때는 쿨하게 손 흔들어주고 싶다.
"잘 가~"
웃으며 인사하고 싶다.

회사가 망했다고 내 인생이 망한 건 아니니까 괜찮아요.

좀 쉬었다 가라는 신호일지도 몰라요.

인생에서 다양한 삶을 경험해보는 것도 좋지 않을까요?

때로는 백수의 삶도 꽤 매력적일지도!

나이가 들면 사는 게 쉬워질까?

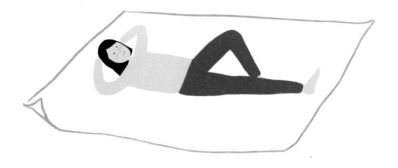

나이가 들면 사는 게 쉬워질까?

흔히들 나이를 먹으면 경험과 연륜이 쌓이면서 사는 게 좀 편해진 다고 한다.

그런데 그 '경험'과 '연륜'을 쌓아가는 일은 수많은 어려움을 만난 다는 의미와도 같다. 남의 일이라 생각하고 나와 상관없다고 생각 한 일들이 내게도 일어날 수 있는 것이다.

아홉 번의 이사 끝에 드디어 자그마한 반지하 전세방을 얻게 되었다. 얼마 안 되는 돈으로 전세방을 얻기 위해 엄청나게 발품을 팔며 여기저기를 돌아다녔다. 그렇게 겨우 구한 그 방은 반지하라 습하기도 하고 빛이 적게 들긴 했지만 그래도 전세라 월세를 내지 않아도 되었기에 기뻤다. 약간 저지대여서 혹시 장마철에 침수가 되지 않을까 염려스러웠는데 부동산에서는 걱정 말라며 괜찮다고 나를 안심시켜주었다.

그렇게 처음으로 전셋집에 들어가는가 싶었다.

이삿날 마무리 짐을 다 옮겨갈 때쯤 안전 안내 전단지를 나눠주는 동사무소 직원과 마주쳤다. 무슨 일이냐고 물으니 여기가 매년 장마철 침수 지역이니 조심하라며 안내장을 주고 가는 게 아닌가? 오마이 갓…… 이제 막 이사를 다 하고 잔금을 치렀는데 침수 건물이라니…… 너무 어이가 없었다. 분명 절대 아니라고 해서 계약한 집이었다.

곧바로 부동산으로 달려갔다. 그곳에서 만난 주인 할머니와 공인중개사는 침수되는 집이 아니라며 말도 안 된다고 소리를 높였고, 나는 죄송하지만 여기서 살 수 없을 것 같으니 나가야겠다고 말했다. 주인 할머니는 갑자기 욕을 하며 잘 알지도 못하고 살아보지도 않았으면서 딴지를 건다고 나를 몰아붙였다. 나가려면 양쪽 부동산 비용을 내가 모두 내라고 억지를 부리면서.

싸우고 싶지 않았기에, 화나고 억울해서 눈물이 쏟아지는 걸 꾸욱 참고 떨리는 목소리로 그렇게 말씀하지 마시라고 하고는 문을 박차고 나왔다. 문을 열고 나오자마자 눈물이 왈칵 쏟아졌다. 서럽고 또 서러웠다.

내가 돈이 없고 약자라서, 그리고 혼자여서 이런 일을 당하나 싶은 생각이 밀려왔다. 열심히 살아왔는데 무시당하고 사회적 약자가 된 것 같은 느낌이 들어 억울했다. 가진 것이 없어서 이런 일이 생긴 것만 같고, 나쁘게 살지 않았는데 세상이 내 편이 아닌 것 같아 속상했다.

결국 억울한 마음을 제대로 표현하지도 못한 채 부동산 비용을 또 내고 침수 걱정이 없는 2층 월셋방으로 다시 이사를 했다. 그렇게 전세의 꿈은 깨지고 월세의 삶이 다시 이어졌다.

삶은 생각한 대로 살아지지 않았다.

반지하 사건 이후에도 이런저런 일들을 겪었고 그러면서 나이를 먹었다.

지금 생각해보면 반지하 사건은 그리 큰일이 아니었다. 나이를 먹어가면서 그보다 더한 일들이 많이 생긴다는 것을 알았다. 어떤 일도 쉽지는 않았다. 하지만 어려움을 견디며 세월에 맡기고 그저 살다 보니 굳은살처럼 단단해지는 부분이 조금씩 생기고 있다.

앞으로도 사는 건 쉬워지지 않을 것이기에,

하지만 그만큼 내공도 쌓일 것이기에

괜찮다. 버티면 되니까.

졌다, 이미

온라인 속의 세상은 온통 부러운 것투성이다.
그곳은 같은 시간과 시대를 살고 있는 건가 싶을 만큼
멋지게 살아가는 사람들로 가득하다.

매력적인 공간도 너무 많고,
멋지게 사는 사람도 너무 많고,
맛있는 것도 너무 많고,
다들 너무 여유 있고 행복한 것 같고,
모두가 그럴 것 같은 삶들이 그 속에 있다.

부러우면 진다는데 세상에 부러운 것들이 너무 많다.
그 속의 세상이 전부가 아니라는 걸 알면서도 트릭에 속아서 오늘
도 나는 져버린 것만 같다. 잘살아야만 하고 빛나야 하고 남들보다
더 나은 삶을 살아야 할 것 같은 착각의 트릭 말이다.

어쩌면 그 속에서 이겨야 할 상대도 지고 마는 상대도
결국 나 자신인지도 모르겠다.

비보호
좌회전

나는 호기심이 많다.

좋은 정보와 빠른 방법을 알려줘도 그대로 하지 않고 꼭 내가 생각한 대로 해봐야만 직성이 풀린다. 하지 말라고 하는 것도 왜 하면 안 되는지 직접 겪어봐야만 고개를 끄덕이게 된달까. 어떤 면에서는 일부러 고생을 사서 하는 타입인지도 모른다.

그래서인지 나는 보통 사람들보다 삶의 속도가 조금 느리다.

직진해도 될 길을 돌아가다보니 그만큼 시간이 더 걸린다.

그래도 그렇게 길을 돌아가면서 알지 못했던 골목골목의 사잇길을 보게 되고, 생각지도 못한 시선들과 방향들도 만나게 되고, 나만의 속도도 알게 되었다.

하지 않아도 되는 실수도 하고 나의 못난 모습들도 많이 마주하게 되지만 그 시간들이, 그런 삶의 고민들이 지금의 나를 있게 해주었다.

때로는 '나는 왜 이렇게 답답하게 더디고 매번 스스로를 고생시키지?'라는 생각이 들지만, 만약 이런 나를 잘 알지 못하고 남들이 시키는 대로 직진만 했다면 가다가 다시 이 자리로 돌아와 결국은 두 번 돌아갔을지도 모른다는 생각이 든다.

나처럼 삶의 셈이 빠르지 못한 사람은 이렇게 같은 길도 빙 돌아서 간다. 쉽게 직진하지 못한다.

그렇지만 신호를 어긴 것도 아니고 잘못 간 것도 아니니 틀린 길로 간 건 아니지 싶다. 그저 다른 길로 조금 돌아갈 뿐이고, 시간이 조금 더 걸릴 뿐이다.
삶의 속도는 다 다르니까.

비보호 좌회전 인생이다.

왠지 모를
이상한 식탐

밥을 먹었다.

둘이서 4인분을 주문했다.

나이가 들면서 음식에 대한 집착이 생겼다.

어릴 때는 음식이 있어도 잘 안 먹고 먹어도 남기는 게 많았는데 이제는 하나만 시켜도 될 것을 꼭 두세 가지 시켜서 남기지도 않고 부지런히 싹싹 긁어 먹는다.

'음…… 왜지? 나는 밥 먹는 걸 귀찮아하고 많이 안 먹는 사람이었는데? 왜 이렇게 바뀌었지?'

언젠가부터 먹는 즐거움이 커져버렸다.
몸의 에너지가 부족해서 뭐든 먹는 것에 탐이 생긴 건가 싶기도 하지만 혼자서 2인분을 먹으려 하다니……
예전에는 밥 한 끼 정도는 안 먹어도 아무렇지 않았는데 이제는 끼니를 거르면 기운이 빠지고 기력이 없다. 머리보다 몸이 먼저 노화에 반응하는 느낌이랄까.

어릴 적에 어른들이 몸에 좋다고 하면 이것저것 챙겨 먹는 모습을 보고 참 유난스럽다고 생각했었는데 '그렇게 챙겨 먹지 않으면 버티기가 힘들어서 그런 거였구나' 하고 그들을 이해하게 되었다. 이제는 힘이 없어지다보니 뭐가 몸에 좋다고 하면 유난스러워도 귀가 쫑긋해지는 그런 어른이 되어버렸다.

예전에는 안 먹던 것도 그 맛을 알게 되었으니 많이 먹을 수밖에.

음식에 대한 집착은 생에 대한 집착이기도 하다고 누가 그랬는데 식탐이 생기더라도 생에 너무 집착하면서 늙지 않기를……

간절히 원하면
말이야

정말 간절히 원하면 이루어질까?

그렇다면 간절히 원했던 것들 중 어떤 것은 왜 이루어지지 않았지?

나만 그런 걸까 아니면 나의 간절한 마음이 부족했던 걸까?

정답은 아무도 알려주지 않았다.

간절히 원하느라 지치고 힘들고 꼬여버린 나 자신만 남았다.

어차피 이루어지지 않는 거, 이제는 방법을 좀 바꿔봐야겠어!

'그래, 간절히 원하지 않아보는 거야! 욕심을 버리고 조급한 마음을 내려놓고! 간절함의 틀을 만들어놓지 않고 말이야. 어쩌면 이루어지고 아니고의 결과는 나의 소관이 아닐지도 몰라. 간절한 마음을 앞세우기보다는 소박한 마음으로 조금씩 내딛는 오늘의 한 걸음 한 동작이 내게 더 필요한지도 몰라.'

이렇게 생각하니 왜인지 모르지만 조금 편해졌다.

오늘이 조금 괜찮아졌다.

간절히 원하는 것과 이루어지는 것은 다를지도 모른다.

상황은 여의치 않은데 바라는 것을 이루자니 마음만 앞서고 제자리에서 발만 동동 구르는 건 아닐까?

아니면 그것을 위해 지금 소중한 것을 외면하는 건 아닌지.

원하는 무언가가 있다는 것은 살아가는 데 분명 힘이 된다. 그러나 너무 간절히 원하면 그 원하는 마음만 좇느라 힘들어만 하다 가보지도 못한 채 지쳐버릴지도 모르겠다는 생각이 든다.

분명 간절한 만큼 노력하면 이루어지기도 하지만 어떤 일은 아무리 애써도 이루어지지 않거나, 긴 시간이 필요하거나, 이루고 난 후에 생각처럼 기쁘지 않을 때도 있다. 특히 사람의 마음을 움직이는 일은 원한다고 해서 잘 되지 않는다. 그래서 사랑이 힘든 건 아닐까? 이루고자 하는 마음을 한편에 조금 내려놓고 현재 나의 삶에 집중해서 살다보면 어느덧 시간이 지나 그리 애쓰지 않았는데도 그곳에 가 있을지도 모른다.

아니면 그곳이 아니라 더 좋은 곳에 머물며 만족할지도 모르고.

때로는 원하되 조급해하지 않는 마음이 더 중요하지 않을까.

구내식당

친한 친구들이 모였다.

대학 입학 때 만났으니 벌써 20년간 이어온 인연이다. 같은 과를 졸업했지만 같은 일을 하는 사람은 없고 살아가는 모습도 제각기 다르다.

한 명은 사회적 기업을 시작으로 나름 멋진 회사를 꾸려가는 대표지만 매달 직원 월급을 걱정하고 본인은 최저 월급을 겨우 가져간다. 그리고 언제 망할지 모른다는 불안감에 늘 노출되어 있다.

다른 한 명은 예고, 미대 진학, 프랑스 유학 코스를 밟은 친구인데 지금은 아이 셋을 키우는 다둥이 엄마로, 아이들 챙기랴 아이스크림 가게를 운영하랴 정신이 없다.

또다른 한 명은 북디자이너인데 회사를 자주 그만두지만 가장 안정적인 직업을 가지고 있다.

얼마 전 일을 그만둔 나는 비정규직 프리랜서다. 프리랜서의 삶은 시간에 얽매이지 않고 자유롭지만 월급 또한 자유롭다.

북디자이너로 좋은 회사에 다니는 친구의 회사 구내식당 밥이 싸고 맛있다고 해서 오늘의 브런치는 그곳으로 정했다. 친구가 언제 회사를 그만둘지 모르기 때문에 그만두기 전에 얼른 가봐야 했다. 직장인의 혜택을 누려보고 싶기도 했고.

구내식당 밥은 정말 맛있고 저렴했다. 식사를 마치고 옆 카페에 가니 사원은 1,500원에 양 많고 맛있는 커피를 마실 수 있었다.

"좋구나! 좋은 회사에 다니니 이런 것도 있고!"

카페 안은 식사 후 커피를 마시는 직원들로 가득했다.

그들은 서로 이야기를 나누며 점심시간을 즐기고 있었다. 뭔가 여유로워 보이는 듯했지만 답답할 것 같다는 생각도 들었고 내게는 낯선 삶의 모습처럼 느껴지기도 했다.

커피를 마시고 나면 저들은 정해진 시간에 들어가 일을 할 것이다. 나는 정해진 시간도 일도 없기에 계속 앉아 있을 수 있었지만 친구의 근무 시간에 맞춰 카페를 나왔다.

좋은 회사, 대기업에 다닌다는 건 어떤 것일까?

높은 연봉과 좋은 복지 혜택을 받으며 안정적으로 사는 것일까?

또 그만큼 자유는 살짝 양보해야 하는 것일까?

나는 겪어보지 못한 경험이라 잘 알지 못한다.

언젠가 사주를 봤을 때 내 사주에는 편관만 있어서 안정적이고 멀쩡한 자리를 거부하는 성향이 있다고 했다. 꼭 그래서만은 아니겠지만 결과적으로 그렇게 되었고, 그런 나를 받아들이게 되었다.

물론 안정적인 월급은 언제나 그립고 부럽다.

이 사회가 만든 '한 달짜리 삶'은 월급과 직결되기 때문에, 이 사회에서 살아가는 데 일정한 수입이 참 중요하다는 건 틀림이 없다.

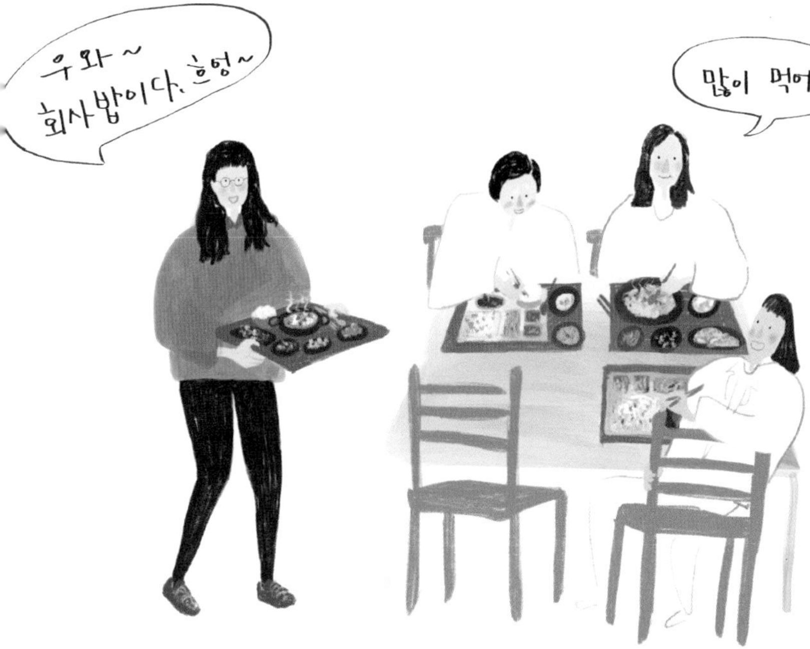
우와~
회사 밥이다. 흐엉~
많이 먹어ㅋㅋ

예전에 이런 생각을 한 적이 있다.

왜 '월급'이지?

왜 모든 것이 한 달 기준이지?

수도, 전기, 가스, 휴대폰 요금, 월세, 카드 결제, 적금, 월급 등 모든 것이 한 달로 짜여 있기 때문에 매달 일정한 월급이 입금되지 않으면 살아가기가 힘들어지는구나.

한 달을 잘못 살면 그달의 어려움이 다음 달로 이어져 생활이 힘들어질 것이다.

그런데 누가 정한 걸까? 이 시스템은……

지금의 나는 월급을 받지 않지만 여전히 '한 달 살이'를 하고 있다.

모두가 한 달의 인생일지도 모르겠다.

구내식당 밥 한번 먹고 생각이 많아졌다.

여하튼 그 친구가 퇴사를 하기 전에 그 구내식당은 한번 더 가보고 싶다. 싸고 맛있으니까!

어디까지
내려갈 거니

아주 사소한 일에도 자존감이 훅 떨어질 때가 있다.
못난 나를 마주하고 싶지 않아 괜히 딴짓을 한다.
싸늘해지는 저녁 바람에 마음이 움츠러들고
사람들의 온기 속에서도 내 모습은 맹맹해진다.
만족스럽지 않은 나지만 이럴 때 나를 더 안아주고 싶다.

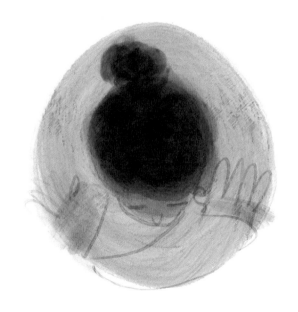

자존감 떨어지는 날

자본주의의
노예

비 오는 날, 친구의 쇼핑을 따라갔다.

필요한 것 있으면 사라는 친구의 말에,
"난 살 거 하나도 없어. 필요 없는 건 이제 갖지 않기로 했거든. 현대인들은 너무 많은 걸 가지고 있어. 조금 부족하게 가지고 있는 것이 더 좋은 것 같아."

하지만 몇 분 뒤,
"야, 진짜 예쁘다, 이 컵! 안 그래도 작업실 컵을 바꿀까 했는데 사야겠다."
"그릇이 너무 싼데 심지어 예쁘기까지 하잖아! 이건 사야겠다. 몇 개만 사자."
"카펫이 너무 예쁘네. 살까 말까……"

결국 나는 이날도 자본주의의 노예가 되었다.
덜 가지려던 마음은 이미 증발하고 말았다.

과부하

엎친 데 덮친 격으로 일이 생기고 해야 할 일이 넘쳐날 때, 오히려 아무것도 안 하게 된다.

분명 얼른 마무리해서 넘겨야 하는 일들임에도 최대한 미루고 미루고 미룬다.

걱정은 되지만 그럴 때일수록 더더욱 아무것도 할 수가 없는 자신을 발견한다. 어쩌면 더이상 미룰 수 없을 때까지 나를 그냥 놓아두는 건지도 모르겠다.

그러다 발등에 불이 떨어지면 정신을 차리고 다급히 일을 처리한다. 뒤늦게 정신을 차렸을 때는 시간이 너무 빠듯해 제때 일을 끝내지 못할 것 같지만 우려와는 달리 초능력이라도 발휘하는 것처럼 오히려 일이 잘 된다.

더이상 피할 수 없는 궁지에 몰렸을 때 선택과 집중이 더 쉬워지는 것 같다.

일이 너무 많아 과부하가 걸렸을 때는 아무것도 하지 않는 재부팅의 시간이 필요하다.

아무것도 하지 않겠어.

할 일이 너무 많을 땐
아무것도 하지 않게 된다.

마음의 구멍

노화의 느낌은 머리보다는 몸이 먼저 알려준다.

나이를 먹을수록 딱히 어디가 아픈 건 아닌데 기운이 없고 쉽게 지
친다.

비가 올 것 같으면 몸이 축축 처지고 뼈가 시린 것 같고……

건강보조식품을 챙겨 먹는 타입이 아닌데도 그런 것에 관심을 갖게
되는 중년의 나이가 되어간다는 게 아직은 적응이 잘 안 되지만, 건

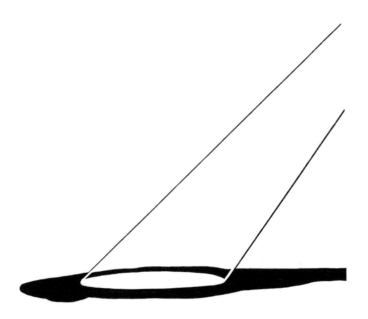

강을 챙길 필요성을 점점 더 느끼는 요즘이다.

오랜만에 만난 친구가 노화와 호르몬의 변화로 골다공증이 생길 수도 있다면서 비타민과 칼슘제를 챙겨 먹어야 한다고 이야기하는데 기분이 이상했다.

"골다공증이라니 이름이 참 무서운 병이네. 뼈에 여러 개의 구멍이 나는 병이라니……"

"윽, 그 병에는 걸리기 싫다. 정말 내가 그런 병에 걸리면 어쩌지?"

친구와 헤어지고 심란한 마음으로 집에 돌아왔다.

지친 마음으로 샤워를 하러 들어갔다가 거울 속의 나를 한참 들여다보았다.

나는 잘 살아왔을까?

지금 괜찮은 걸까?

이렇게 지치는 것은 정말 몸의 노화 때문일까?

침묵 속의 나를 마주하며 알았다.

내가 이렇게 지치는 것은 내 몸이 아니라

어쩌면 마음에 구멍이 났기 때문인지도 모르겠다고……

심다공중

3 장
부족한 둘이 만나

"무리씨는 비혼주의자인가요?"

"네? 저는 그저 살다보니 누군가를 만나게 되었고

살다보니 결혼을 하지 않았을 뿐입니다."

안녕?
40대

뭔가를 포기하기에는 이르고 나아가기에는 두렵고 살아온 건 지치
는 중년의 나이. 불혹. 40대가 시작되었다.
언제 이렇게 나이를 먹은 거지?
근데 언젠가부터 한 살 한 살 나이 먹는 게 이상하지 않은 느낌이다.
사진 속 나를 보니 피부가 조금 푸석해졌고 탄력이 떨어지고 있고
살이 좀 쪘다.

몸의 노화는 조금 쓸쓸한 일이지만 나이를 먹어간다는 것은 정서적
으로는 좋은 점도 있다. 나를 더 잘 알게 되고 조금 더 낮은 마음을
갖게 된다.
늘 흔들리는 마음도 받아들이게 되었고, 나의 못난 모습들도 인정
하게 되었다.
무엇보다 시간이 지남에 따라 겸손에 대해 알게 되었다.
그것만으로도 나이듦은 괜찮은 것 같다.

나이는 숫자에 불과한 것이 아니다.
나이듦은 때로는 좋은 것이기도 하다.

3月을 보내며.
생일 축하해 ^^

마흔이라는
나이

마흔은 조금 특별한 나이다.

숨 가쁘게 달려오다 살짝 멈추는 여유가 생기는 나이라고나 할까?

마흔이 되니 벌써 이 나이가 되었나 싶고, 40년 살면서 그래도 열심히 살았구나 여겨지기도 한다.

하지만 그건 나만의 생각이었던 것 같다.

몇몇 사람들은,

"아직도 결혼 안 했니?

이제 마흔인데 어떡하니?

모아놓은 돈은 많이 있니?

아이를 낳으려면 이제 정말 힘들 수도 있을 텐데 어쩌려고 그러니?

혼자 살고 아이가 없으면 그래도 돈은 많이 모았겠다.

부동산은 있니?"

여기에 걱정도 가끔 해준다.

"나중에 너 혼자 외로워서 어떡하니?"

(결혼은 포기했으려니 짐작하고.)

결혼 때문에 열심히 산 것도 아니고, 아이를 포기하고 더 열심히 산

왜 돈을 많이 벌어야 할까?
누가 가르쳐준 거지?

열심히 사는 것과
돈을 잘 버는 것은 다른 것 같아.

"나이 40이 다 되었는데
아직도 그러고 사니??"

열심히 살았건만
이런 말을 듣게 될 줄이야.

40대에도
비슷할 것 같은데...

사회의 기준선에 발 닿지 못하는
나이 든 비성년인 것 같다.

사회적 기준선

아등
바등

것도 아니고, 야망이 있어 열심히 산 것도 아니다.

그저 살아가야 하다보니 내게 주어진 삶에 최선을 다해서 살았고, 그렇게 시간이 흘러 마흔이 되었다.

그게 문제였을까? 마흔이 되어도 뭔가 부족하고 때를 놓친 일들이 많은 것 같다는 이야기들이 아직 내 주변을 맴돌고 있다.

어떻게 살아야 평범하게 사는 걸까?

그 어디에도 흔들리지 않는다는 불혹의 나이지만 아직 사회적 비성년인 것 같은 기분이다. 남들이 말하는 사회적 기준선, 그 선에 좀처럼 발 닿지 못하고 부유하는 느낌이 든다.

하지만 발 닿지 못하는 삶도 내가 아끼고 사랑하는, 바로 나의 삶인데……

유유히 떠다니다보면 언젠가는 그 선에 자연스레 닿는 날이 있지 않을까.

그러니 지금 떠 있는 내 삶을, 지금껏 부유했던 내 삶을 나의 속도에 맞추고 소중히 여기며 좀더 헤엄쳐보는 것도 괜찮지 않을까.

어차피 삶에 정답은 없고 자신만의 부력은 존재하는 법이니까.

조금 늦어도 나대로의 선을 만들어간다면 즐겁게 나이들 수 있을 것 같다.

나만의 방향과 나만의 속도로.

외부 눈치,
내부 눈치

내가 원하는 걸 해야 할까,
남들이 좋아할 만한 것을 해야 할까?

내가 정말 신경쓰이는 것은 무엇일까.
내면의 소리를 들으며 나아가려 하지만
외부의 소리들이 마구마구 들려온다.
내부와 외부의 균형을 맞추면서 살아가기란 쉽지 않다.

그 '적당히'라는 것이 잘 안 된단 말이지.
'그냥 내가 좋고 내가 원하는 것을 해야지'라고 생각하면서도
남들이 선호하는 것은 무엇인지 신경쓰게 된다.

타인에게 맞추면 나의 내부 눈치를 보게 되고
나에게 맞추면 외부의 시선에 눈치보게 되는,
그런 상황이랄까.

비혼주의자?
비식주의자!

나는 흔히 말하는 과년한 처자, 노처녀다.

그런 내가 요즘 많이 듣는 말이 '비혼주의자'냐는 말이다.

한 사람과 오래 연애를 하면서 왜 결혼은 하지 않는지, 연애만 하는 걸 보니 비혼주의자는 아닌지 많이들 궁금해한다.

누군가를 좋아하면 계속 같이 있고 싶고 헤어지기 싫은 감정이 생기기 마련이라 연애를 할 때는 같이 살고 싶은 마음이 많이 들긴 한다. 하지만 같이 사는 방법이 반드시 결혼은 아니라는 생각이 들었고, 그렇다고 동거를 하고 싶지도 않았다.

혼자 오래 살다보니 누군가와 모든 걸 공유하며 사는 것은 불편한 면이 있는 것도 사실이다. 또 돈이 넉넉지 못해 각자 방을 가질 수 있는 여유로운 공간을 얻기도 쉽지 않다는 게 구차하지만 하나의 이유일 수도 있다.

그렇지만 무엇보다 큰 이유는 나의 삶의 방식을 방해받고 싶지 않고 상대의 삶의 방식도 존중해주고 싶은 마음이 있기 때문이다.

내가 생각하는 결혼이라는 것은 서로를 오롯이 보고 존중하는 시간을 갖는 것이다. 그러나 현실에서는 두 집안 사이에서 새로운 역할을 해야 하는 것들로 인해 잘살고자 한 결혼이 더 힘들어지는 걸 종종 본다.

마흔이 되어서야 내 모습을 알게 되고 나를 들여다보게 되면서 스스로의 삶을 대하는 자세를 이제 조금 알게 되었는데, 결혼이라는 제도에 들어가 새로운 역할의 형식에 얽매여야 할까?

이런저런 이유들로 결혼을 서둘러 하거나 흔히 말하듯 '제때' 하지 않았을 뿐, 그렇다고 결혼을 안 하겠다는 비혼주의자는 아니다. 결혼보다 결혼식 같은 형식과 결혼 후 생기는 의례적 절차들이 싫을 뿐이다.

살다보니 시간이 이렇게 흘렀고,
살다보니 나이들어서 누군가를 만나게 되었고,
살다보니 결혼을 하지 않았을 뿐이다.
스스로 판단하기에 나는 나 자신이 어떤 사람인지 좀 알아야
같이 살게 될 사람도 나도 행복해질 수 있다고 생각했다.
결혼은 마흔에 할 수도 있고 쉰에 할 수도 있지 않을까?
아이를 생각한다면 일찍 결혼해야 한다고들 하지만,
그렇다고 아이 때문에 삶의 속도를 빠르게 할 수는 없었다.

내 나이 이제 마흔이다.
다들 늦었다고 하지만 이제 결혼이라는 것을 한번 해볼까 하는 생각이 든다. 물론 결혼식은 여전히 부담스럽다. 결혼식이 하고 싶은 것이 아니라 결혼을 해서 조금 더 함께할 수 있는 부분을 누리고 싶다는 생각이 드는 것이다.

이런 생각이 드는 걸 보니 비혼주의자는 아닌 것 같고,

음, 비식주의자가 맞지 않을까.

결혼 안 해요?

언젠가부터 사람들을 만나면 꼭 듣게 되는 질문이 생겨버렸다.

"결혼 안 해요? 왜 안 해요?"

오랜만에 만난 아는 사람 1

살아가는 이유와 방법은 모두가 다르지 않을까.

정해진 답도 규칙도 없지 않은가.

누구에게 어떤 상황과 이유가 있는지 모르기에 결혼이든 이혼이든

재혼이든, 아이를 낳든 안 낳든 몇 명을 낳든 그리 쉽게 묻지 않는

게 좋지 않을까.

누구나 자기만의 생각과 이유가 있을 테니까.

인생에 정답은 없는 거니까.

오랜만에 만난 아는 사람 2

오랜만에 만난 아는 사람3

오랜 만에 만난 아는 사람들 4

사람들은 "결혼은 해야지"라고 너무 당연하게 말한다.
도대체 결혼의 규칙은 누가 정했지?

미혼인 내게는 이미 예약된 질문들이 많이 기다리고 있는 것 같다.
쉽게 하는 말들이지만 누군가에게는 쉽지 않을 수 있다.

민낯의
몬스터

가끔 내 민낯이 예뻐 보일 때가 있다.

예를 들면 씻기 위해 머리를 아무렇게나 질끈 묶었는데 너무 자연스러운 듯 예뻐 보일 때, 세수를 하고 나서 거울에 비친 모습이 말도 안 되게 상큼해 보여 '오호, 좀 예뻐 보이네~' 하고 만족스러울 때가 그렇다.

그날도 그랬다. 너무 더워서 씻고 나왔는데 거울에 비친 모습이

순간 나름 괜찮아 보여 혼자 만족해하고 있었다.

그때 내가 호감을 보인 '썸남'에게서 연락이 왔다.

잠깐 산책이라도 하지 않겠냐고.

'오! 지금 좀 예뻐 보이는데~ 잘됐다!'

더운 여름날 해질녘 즈음, 바로 씻고 나온 상큼한 모습이 마치 꾸미지 않아도 예쁜, 드라마 속 여배우 같은 느낌이 아닐까 하는 어마어마한 착각을 한 채 집에서 입고 있던 옷을 그대로 입은 채 약속 장소로 향했다.

"잘 지냈어요?" 먼저 쿨하게 인사를 건넸다.

"네~ 어디서 오는 길이세요?"

"저요? 집이요~"

"네, 제가 너무 급하게 연락을 드린 건 아닌지요?"

"아니에요, 아니에요~ 전혀요."

나는 손사래 치며 대답했다.

그는 너무 가볍게 입고 나온 나를 신기한 듯 몇 번이고 쳐다보았다.

그런 시선을 느끼며 나는 '내가 좀 예뻐 보이나 보다' 생각했다.

그날따라 유난히 나를 뚫어지게 쳐다보는 시선을 못 본 척하며 대화를 이어나갔다.

그는 몇 번이고 나를 보며 멋쩍게 웃으면서 말을 건넸다.

"사실 대부분은 서로 호감을 보이는 사람을 만날 때는 조금 꾸미고 나오는데 전혀 그렇지 않은 모습으로 나오셔서 조금 놀랐어요."

"아, 그래요? 외모가 뭐가 중요하겠어요. 외모보다 마음이 더 중요하죠. 어릴 땐 저도 외모에 끌리면 좋아하고 그랬는데 이젠 아닌 것 같아요~ 저는 외모만 보고 저를 좋아하는 남자는 싫어요~ 흥흥흥."

"아, 네. 마인드가 훌륭하시네요! 호감 있는 사람에게 민낯을 보이기가 쉽지 않은데 멋지시네요."

마인드가 훌륭하다는 말에 기분 좋아하며 여기저기 함께 산책을 이어갔다. 사실 외모를 보고 나를 좋아하는 건 싫다고 말하면서도 속으로는 '지금 좀 자연스럽게 예쁘겠지!' 하는 근거 없는 생각을 하고 있었다.

얌체처럼 안 예쁜 척하면서 예쁜 척을 좀 하고 싶었나보다.

그렇게 이런저런 이야기를 하며 공원을 한 바퀴 돌고 집에 가기 전 화장실에 들렀다가 거울에 비친 나의 모습을 보고 깜짝 놀랐다.

'헉…… 아까 집에서 나올 때의 모습과 왜 이리 다르지?!'

거울에 비친 모습은 말 그대로 몬스터 같았다.

아까는 뽀득뽀득 하얀 피부에 맑아 보였는데 거울에 비친 모습은 늘어진 티셔츠 차림에 피부는 누렇고 칙칙했고 거기다 뺑뺑이 안경을 쓴, 떡 진 머리를 한 여자가 서 있었다.

'망했다……'

일부러 외모에 신경 안 쓰는 척하고 나왔지만 자연스럽게 예뻐 보일 줄 알았는데 전혀 아니었다.

아…… 그래서 아까 계속 신기한 듯 쳐다봤구나. 마인드가 멋있다는 말이 정말 마인드만 멋지다는 말이었구나. 켁.

착각은 자유였다.

나는 드라마 속 여주인공이 아니었다.

괜스레 미안하고 너무 부끄러워져 이전의 당당함은 사라지고 서둘러 집으로 돌아왔다.

그렇게 몬스터가 된 날이 있었다.

그랬던 그 썸남은 진짜 내 마인드에 반했던 건지 지금은 짝꿍이 되

었다. 그는 가끔 이야기한다. 100퍼센트 민낯을 확인하고 시작했으니 더이상 실망할 일은 없으리라고. 그날 너는 모든 걸 다 잃을 자세로 다가왔고 정말로 그런 자세가 특별하다고 생각했다고.

지금은 지난 추억이 되어 웃을 수 있지만 사실 나는 그때 큰 위기를 모면한 것이었다. 그날 이후 깨달았다. 세안 후 거울에 비친 모습에 절대 속으면 안 된다는 것을.

연애는
사랑일까요?

지난 시절 연애를 할 때 사랑이 뭔지 잘 모르면서 사랑에 대해 토로하곤 했다.

영화나 드라마, 소설 속에 나오는 근사한 사랑 이야기를 보며 '저런 게 사랑이구나' 했었다. '나도 누군가를 만나면 저런 사랑을 하겠지' 하며 여주인공 같은 사랑을 꿈꿨다.

20대에는 사랑이 뭔지 깊게 생각하거나 고민하지 않고 재미나고 좋은 것만 상상하며 사랑을 꿈꿨다. 그러나 사랑은 재미나고 좋지만은 않았다.

나이가 들어서야 받기 위한, 받기를 원하는 게 사랑이 아니라 상대를 있는 그대로 받아들이고 받지 않아도 줄 수 있어야 사랑이 아닐까 하는 생각이 들었다.

청춘 시절, 나는 좋아하는 사람이 생기면 사랑을 한다기보다 연애를 하려고 했었다. 이해하고 받아들이기보다 연애놀이를 하면서 무한히 사랑받는 여자가 되고 싶었다. 그러나 나이가 들어 사랑이 내 마음대로 되지 않자 끙끙거리고 힘든 시간을 보내며 알았다.

사랑은 원래 마음대로 되지 않고, 나를 힘들게 만드는 것은 나 자신이라는 것을.

내가 사랑이라고 말한 것들을 돌아보고,

나의 치부를 들여다보고, 나의 바닥을 찍고,

마음이 너덜너덜해졌을 때 알았다.

그게 정말 그 사람을 위한 거냐고, 사랑이냐고,

그것이 정말 나를 위한 사랑이 맞냐고……

그렇게 마음의 바닥을 찍고 나서야 내가 착각했던 사랑이 보였다.

그 착각의 사랑은 내 마음대로 판단하고 요구한 시간들이었다.

사랑해주지 않는다고 힘들어하지 말고 사랑하면 되는 것을.

받지 말고 주면 될 것을.

쉬운 것 같지만 쉽지 않다.

알 것 같지만 알 수가 없다.

미련
곰탱이

'여자는 곰보다는 여우 같아야 해.'

아무리 여우처럼 굴려 해도 나는 여우가 될 수 없는 것 같다.
내 안의 곰은 여우보다 빠르기에.

여우 같은 여자가 되고 싶지만
늘 곰이 앞서나간다. 미련 곰탱이...

첫번째 만남
— 그녀는 사랑한다고 말했고 그는 미안하다고 말했다

몇 년 전 일이다. 7년쯤 된 것 같다.

내가 백수로 지내던 그 시절 우연히 그를 처음 만나 이야기 나누면서 점점 그 사람에게 빠지게 되었다.

이야기가 잘 통하고 관심사가 비슷하고 나처럼 조금은 늦된 인생을 살고 있는 그 사람이 참 좋았다. 따뜻한 미소와 깊이 있는 대화를 나누며 나는 그에게 빠져들었다. 그 또한 비슷한 느낌으로 다가오는 나를 자연스레 마주하게 되었다.

이렇게 '나 같은 사람'을 만났지만 사귀기는 쉽지 않았다. 둘의 나이 때문에 서로에게 다가가기가 어려웠다. 내 나이 서른셋, 그는 서른여섯이었다.

나는 일을 안 하던 시기여서 몸과 마음이 온통 그 사람으로 가득했다면, 그는 가게를 운영하고 치열하게 살아가느라 몸도 마음도 여유가 없는 상태였다. 그리고 누군가를 쉽게 만날 나이도 아니고 그렇다고 안정적인 미래를 설계할 마음의 여유나 경제적 여력 또한 없었다. 그렇지만 서로에게 이끌리는 마음을 무시하지 못하고 첫번째 만남이 시작되었다.

아무런 부담 없이 그냥 서로 좋으니 사귀어보자고 시작은 했지만 역시 쉽지는 않았다. 그와 사귀면 큰 걸 바라지 않아도 함께하는 것만으로도 좋을 것 같았는데, 알게 모르게 그 사람에게 요구하는 것들이 생기기 시작했다. 그걸 해주지 못할 때 속상하기도 하고, 관계의 발전을 위해 더 나아가자고 먼저 말해주지 않아서 화가 나기도 하고, 그러면서도 옆에 있어서 좋기도 하고⋯⋯ 헤어지기는 싫고 만나기에는 속상한 부분들이 있는, 그런 상태가 계속되었다.

그렇게 1년이 조금 안 되게 만남을 이어갈 때 즈음 그가 말했다.
"⋯⋯ 좋은 건 좋은 건데 힘이 들어. 나는 지금 아무것도 하지 않을 수도 없고 그 이상을 할 수도 없어. 넌 너무 착하고 좋은데 난 그런 네게 자꾸 미안한 생각이 들어. 네 결혼의 시기도 내가 붙잡고 있는 것만 같고, 네 속도대로 내가 끌려갈 수도 없어. 미안해."
"⋯⋯"

미안해하면서 이별을 고하는 그 사람을 보는데 슬프고 속상했다. '그게 뭐가 어려운 거라고. 좀 맞춰주면 되는데⋯⋯ 나를 사랑하지 않는 걸까? 그럼 나는 나를 사랑하지 않는 사람을 붙잡고 내 마음을 받아달라고 일방적으로 밀어붙인 건가. 나는 지금까지 뭘 한 거지.'

한동안 할 말이 없었다.
내가 물었다.

"내가······ 싫어?"

"아니, 좋아. 싫지 않아."

"그럼 나를 사랑하지 않는 거야?"

"······사랑이 뭐니?"

"······사랑? 글쎄."

사랑이 뭔지 모르겠다.

정말 그 사람을 사랑한 건지 이기적인 내 마음을 사랑한 건지.

그렇게 잘 모르는 채 첫번째 이별을 했다.

첫번째 이별

두번째 만남
ㅡ 그는 뭐가 문제냐고 했고 나는 이별을 선물했다

첫번째 이별 후, 다시 혼자가 된 시간을 견디고 있었다. 그러나 말이 이별이었지 우리는 진정 헤어지지 못했다. 심하게 싸우거나 서로가 정말 싫어서 헤어진 게 아니다보니 종종 안부를 묻고 문자메시지로 이야기도 하고 가끔 만나기도 하면서 서로에게 허전한 부분을 어설프게 채우고 있었다.

그렇게 애매하게 만나고 이야기하다 자연스레 다시 가까워졌다. 서로에게 아직 아쉬운 부분이 많이 남아 있었나보다.

그렇게 두번째 만남이 시작되었다.

두번째 만남은 첫번째와는 달리 조금은 자연스러워졌고 서로를 더 많이 알게 된 부분들도 생겼다. 그러나 첫번째 이별을 겪어서 그런지 문득문득 알게 모르게 사랑에 대한 의심의 면적이 커져갔다.

어떤 문제가 생길 때마다 나를 사랑하지 않아서 그런 거라는 결론을 내리면서 상대를 괴롭히기 시작했다. 마치 사랑의 정답을 아는 것처럼 나와 같이 생각하고 나와 같이 행동해주지 않는다고 투덜거리기 일쑤였다. 그런 것들이 서로를 더 힘들게 하는 걸 알면서도, 그런 방법들이 관계에 도움이 안 되는 걸 알면서도 그렇게 일관되게 상대를, 그리고 나 자신을 괴롭혔다.

그렇게 만남을 이어가다 이번에는 내가 그에게 이별을 고했다.

그의 생일날 "네게 주는 생일 선물"이라며 말도 안 되는 이별을 선물했다. 그는 어이없어하며 이게 무슨 선물이냐면서 무척 슬퍼하고 화를 냈다. 헤어지기 싫은 건 오히려 나였을지도 모르는데, 그렇게 집착하는 나 스스로가 너무 싫어서 책임을 떠넘기듯 말했다.

"더이상 부담주고 싶지 않아. 이게 오빠에게 가장 좋은 생일 선물이라고 생각해."

"…… 뭐? 이게 선물이야?"

"응. 선물이야. 헤어지자."

속으로는 '안 된다며 이건 말도 안 된다며 그가 나에게 매달리며 울부짖었으면 좋겠다'는 못된 마음으로, 정말 나를 사랑한다면 그럴 수도 있을 거라는 마음으로 일부러 아픈 말을, 마음에도 없는 '이별'이라는 최악의 수를 던졌다. 어쩌면 내가 힘들었던 만큼 그를 아프게 하고 싶었는지도 모르겠다.

'근데 내가 하고 싶었던 이별이 정말 이런 것이었을까. 이렇게 해도 되는 걸까.'

정답은 알 수 없었지만 그때는 그러고 싶었다.

나와 닮은 사람이라 좋아했지만 나보다 더 우유부단하고 생각이 더 많고 더 망설이고 조심스러워하는 그가 어느새 힘들어졌다. 그를 부정했지만 어쩌면 나 스스로의 틀에 갇혀 자신을 부정하고 있었는지도 모르겠다.

그렇게 서툴게 두번째 이별을 했다.

두번째 이별

세번째 만남
— 미안해해도 괜찮아, 부담 줘도 괜찮아

두번째 이별 후 나는 나 자신을 더 돌아보기로 했다.

'나는 사랑할 자격이 있는 걸까. 내가 느끼고 아는 걸 상대에게 강요할 수 있을까. 진정한 사랑이란 무엇일까.'

첫번째 이별보다 조금 더 길게 홀로인 시간을 갖게 되었다.

하루하루 마음의 바닥을 찍고 있는 날들의 연속이라 힘이 들었다. 스스로 만든 것만 같은 힘겨운 그 에너지 속에 빠져 있지 않기 위해 열심히 일을 했다. 그리고 여행도 다녀왔다. 그러나 여전히 그가 그리웠다. 그 또한 그랬다. 자신의 삶을 늘 힘들어하던 그는 무리해서 몇 달 동안 고행에 가까운 긴 여행을 다녀오기도 하고 일을 더 열심히 하기도 하며 홀로 된 시간을 견디고 있었다.

그렇게 억지로 잊기 위해 고군분투하며 무리해서 일을 하다 나는 왼쪽 팔꿈치가 산산조각나는 사고를 당했다. 다행히 수술은 잘되었지만 한동안 팔을 쓸 수 없어 일을 쉬어야만 했고 몇 달간 재활 치료를 받아야 했다.

어쩔 수 없이 휴식을 갖게 되었다.

'내 마음만 신경쓰고 좇다가 몸이 이렇게 된 것 같아. 한쪽 팔을

못 쓰면 이렇게 아무것도 할 수 없는 나 자신을 매 순간 발견하는
데…… 내 몸은 늘 괜찮을 거라고만 생각하다 진짜 중요한, 실질적
인 나를 놓친 것만 같은 느낌이야. 내 마음만큼 몸도 아프다고 힘들
다고 말하고 있었는데. 이렇게 내 몸의 언어도 잘 모르면서 남의 마
음을 가지려고 하다니……'

수술 후 몸은 아프고 고생스러웠지만 마음은 왠지 모르게 가벼워
졌다. 어쩔 수 없는 것은 어쩔 수 없다는 생각이 들었다.

내가 재활 치료를 받고 있다는 소식을 듣고 그가 연락을 해왔다.

기분이 이상했다. 그를 대하는 마음이 그전과는 다르다는 것을 느
꼈다.

오랜만의 대화가 편안했다. 그저 잘 있어줘서 고마웠다.

어떻게 하고 싶은 마음을 조금 내려놓으니 아무 상관 없이 편했고
그렇게 연락을 해준 그가 고마웠다. 그는 나의 사고 소식을 듣고 많
이 안타까워하고 아파했다. 그 마음이 진심으로 내게 전달되었다.
그렇게도 느끼고 싶었던, 나를 향한 그의 진심 어린 마음이었다.

생각해보니 그런 마음이 예전에도 있었던 것 같았다. 그때는 알아
채지 못했고 내 마음의 전달에만 신경쓰다보니 상대의 진짜 마음이
보이지 않았다. 볼 수 없었던 것 같다. 우리는 또다른 느낌으로 다시
연락을 주고받기 시작했다.

나는 더이상 나의 마음을 몰라준다고 툴툴거리지 않았고, 그 사람

을 있는 그대로 보기 시작했다. 이해하려 애쓰지 않고 그저 받아들이기 시작했다.

그렇게 이전과는 조금 다른 세번째 만남이 시작되었다.
사랑은 있는 그대로의 존재를 인정하고 존중하고 받아들이는 것인지도 모르겠다고 생각하면서, 이 서툴지만 작은 깨달음을 잊지 않고 다시 시작해보기로 했다.

그가 물었다.
"잘 지냈어?"
내가 대답했다.
"오랜만이야."

다른 말은 필요 없었다.
만남도 이별도 더이상 의미가 없어졌다.

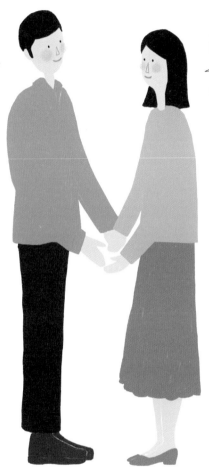

세번째 만남

어린아이가 되고 싶은
마음

누구에게도 보여주지 않는 모습이 있다.
혼자 있을 때도 하지 않던 행동이 있다.

누군가의 딸로도, 누군가의 선생님, 친구와 언니, 동생, 직장 동료들
과의 자리에서도 한 번도 보이지 않았던 천진무구한 어떤 모습. 마
치 어린아이 같은 그런 모습이 어떤 사람 앞에서는 부끄럽지 않게
드러날 때가 있다.
나의 특이 행동은 과하게 귀여움을 떤다는 것인데, 어린 시절 부모
님 앞에서도 보이지 않았던 애교를 연인인 그에게 부끄럼 없이 쏟
아낸다.

'그 사람에게 그저 어린아이가 되고 싶은 것일까?'라는 생각이 들
때면 이것도 어떤 결핍에서 오는 건지, 부모에게 떨어보지 못한 애
교가 이런 식으로 표출되는 건지 궁금해지기도 한다.
그것이 결핍이든 꾸밈없는 민낯이든 혹은 어른스럽지 못한 아이의
모습이든, 그 모습을 있는 그대로 보일 수 있는 편안함을 서로 나눌
때 내 마음은 무장해제되곤 한다.
한없이 풀어진 모습, 계산 없이 나오는 그런 모습이 어색하지만 반

갑고, 내게 없던 모습을 발견하게 해준 그가 때로는 고맙다.
나이를 거꾸로 먹는 느낌이 들기도 하지만 그 기분이 그리 나쁘지
가 않다.

사람은 고쳐 쓰는 게
아니다

이런 말이 있다.
"물건은 고쳐 쓸 수 있어도 사람은 고쳐 쓸 수 없다."

자취 생활을 한 지가 어느덧 20년이 넘어간다.
혼자 살면서 돈을 아끼기 위해 웬만한 건 알아서 고치고 해결하려는 습관이 생겼다. 전문가에게 부탁하면 돈이 들기 때문에 어렵지 않은 수리나 문제는 스스로 직접 해결해버린다.
고치기 어려울 때는 '내가 왜 이런 걸 하고 있나' 하고 힘들어하기도 하지만, 요령이 생기면 고치는 재미도 알게 되고 심지어 응용도 하게 된다. 물론 한 번에 쉽게 되지 않는 경우가 많지만 이상하리만큼 집착하고 애쓰며 결국 해결해내고 만다.
이렇게 혼자 힘으로 해결하는 삶을 십수 년간 살다보니 이제 웬만한 건 다 고칠 수 있다는 꼰대 같은 기질이 생겼다. 학생들을 가르쳤던 경험 때문인지 상대에게 잘못된 부분을 지적하고 변화하게 만들려는 기질이 강해졌다.

남자친구가 일 때문에 혹은 친구나 가족 때문에 힘들어할 때 마치 내가 정답이라도 알고 있는 듯 충고하곤 했다.

잘 고쳐썼군!
자취 생활 19년.
이젠 웬만큼 다 고쳐 쓰누 없다!

그런 거 아니잖아.
난 그렇게 생각 안 해.
그러지 말자.

으음...
내 마음대로 안 되는군.
고쳐줘야겠어!

"그건 그렇게 말하니까 그런 반응이 나오는 거야. 앞으로는 그렇게 말하지 않는 게 좋겠어."

"그렇게 다니니까 그러는 거야. 머리도 깎고 옷도 단정하게 입는 게 좋겠어."

"내가 말하는 게 맞을 거야, 그러니까 그렇게 생각하지 마, 이제."

"왜 그렇게 생각 안 하는 거야?"

남자친구는 그런 내게 묻는다.

"그럼 너는 내가 하지 말라고 하면 그렇게 안 할 수 있니?"

"왜 그렇게 말하지 말라는 거지? 난 오빠를 위해서 하는 말인데?"

"네가 말하는 것이 정답이고 옳은 거니?"

할 말이 없어졌다.

타인에게 행동과 생각을 바꿔야 한다고 쉽게 말하면서도 정작 나 자신은 내 생각대로만 행동하고 상대의 말은 잘 듣지 않는 고집불통인 것이다. 어쩌면 바뀌지 않는 건 상대가 아니라 나 자신이었는지도 모르겠다.

사람은 물건처럼 틀리거나 잘못됐다고 해서 쉽게 고쳐 쓸 수 있는 것이 아니다. 특히 사람들과의 관계에는 정답이 없다. 나사 하나의 문제, 전선 하나의 문제가 아닌 것이다. 사람을 고쳐서 내 입맛대로 맞추려 하는 건 불가능한 일이고 나의 오만인지도 모른다.

사람과는 타협과 대화. 이해만이 있을 뿐.

머리로는 알면서도 행동으로 옮기기는 참 어렵다.

그녀의
짧은 머리

작업실을 방문하는 사람들 중에 유독 마음에 머무는 사람이 있다. 매번 머리칼을 짧게 자르곤 이발을 했다며 멋쩍게 웃는 그녀도 그중 한 명이다. 우리는 이내 친구처럼 친해졌다. 처음 본 사람인데도 기운이 맑은 사람이라 느껴졌다. 그 기운이 '참 예뻤다'고 표현하는 게 맞을지도 모르겠다. 나보다 나이는 많지만 참 맑아 보이고 고왔다.

어느 날 그렇게 맑고 고운 그녀에게서 슬픔이 보였다. 물론 아픔 없이 맑기만 한 사람이 어디 있을까. 그날 그녀에게 보인 그 슬픔은 깊은 상처 같은 느낌이었다. 예쁘고 똑똑하고 남들보다 용기 있게 하고 싶은 것을 하면서 후회 없이 멋지게 산 사람 같았는데, 그리고 웃는 모습이 그 어떤 슬픔에도 지지 않을 것 같은 느낌이었는데, 그날 그녀는 유난히 슬퍼 보였다.

그녀가 머뭇거리다 말했다.
"저 괜찮은 줄 알았는데 안 괜찮은 것 같아요."
그녀는 이혼을 한 지 얼마 안 된 상태였다.
스스로 선택한 삶이라 괜찮다고 생각했지만, 그래서 다시 일어서는 중이지만 저 안 깊숙이 또다른 자신은 아파하고 있었다고.

뭐라도 해야 할 것 같아서 그림을 배우러 나의 작업실을 찾았다는 그녀는 그렇게 이야기를 시작했다.

"어느 날 자다가 문득 화가 나고 눈물이 쏟아지는데…… 제가 아파하고 있었더라고요."

"아…… 마음이 너무 아프네요. 눈물이 나면 울고 아프면 아파하고 화나면 화를 내요. 좋은 감정이든 안 좋은 감정이든 드러나는 것은 드러내보는 게 맞는 것 같아요. 충분히 그러서도 될 것 같아요."

아파하는 그녀에게 해줄 수 있는 말이 무엇인지 모르겠지만 뻔한 위로의 말이라도 건네고 싶었다.

그렇게 맑은 그녀가 아파하고 있는 것이, 웃는 얼굴로 아프다고 말하는 그 모습이 나의 모습을 보는 것 같기도 해서 마음이 더 아팠다. 누구에게나 말 못 하는 아픔은 있기에……

"사람들은 제각각 아파하고 있는 것 같아요. 모두가요……"

"어떻게 살아야 할까요?"

"살아가는 건 어떨 때는 참 쉽지가 않아요. 힘들지 않고 아프지 않게 살아가기만 할 수는 없는 것 같고, 누가 대신 아파해줄 수도 없고…… 어쩔 수 없이 내가 나를 토닥여줘야 할 것 같아요. '괜찮아.

이발을 해도
아름다운 그녀

괜찮지 않아도 괜찮은 거야. 그러니 다 괜찮아'라고 말이죠."

"맞아요. 좋고 나쁨이 없는 것 같아요. 나를 잘 안아줘야 하는데 문득 그러지 못하고 있는 내가 보였어요. 모두가 그럴 수 있는 거겠죠. 그러니 이러다 저도 괜찮아질 거예요. 괜찮아지겠죠."

머리를 길러도 예쁠 것 같은 그녀가 매번 머리를 짧게 자르곤 웃으며 나타나는 그 모습에서 왠지 모르게 '오롯이 서고 싶은 다짐' 같은 것이 느껴진다.
아픔도 보이고 슬픔도 보이고 고독도 보이지만, 그녀의 좋은 기운이 더 다치지 않길 바라본다.

'당신도 당신의 좋은 기운을 그렇게 웃으며 안아주세요. 당신은 그 어떤 모습으로도 그 자체로 충분히 아름다우니까요.'
충분히 그렇다고 말해주고 싶다.
그녀에게, 나에게, 그리고 모든 이에게.

사랑이라는 것은 어렵다.
그저 잘해주기만 하는 것이 사랑인지
안쓰러움에서 오는 동정이 사랑인지
치열하게 다투는 에너지가 사랑인지……

집 베란다에 작은 텃밭을 만든 적이 있다.
씨를 뿌리자 얼마 뒤에 새싹이 돋아났다. 아무것도 없던 흙에서
가느다란 연녹색 새싹이 나오는 것을 보니 너무 신기하고 예뻤다.
새싹이 돋는 것을 처음 본 것도 아닌데 내가 심은 씨앗에서 자라
나는 것을 보니 특별한 애착이 생기는 기분이 들었다. 그런데 씨
를 너무 많이 뿌려서인지 하나둘 올라오던 새싹이 갑자기 너무 많
이 불어났다. 이렇게 계속 뒀다가는 작은 텃밭 화분에서 온전하게
수확하기가 힘들 것 같아 아깝지만 몇 개만 두고 뽑아내기로 했
다. 손가락 길이만큼 올라온 새싹을 뽑아냈는데 뿌리가 꽤 길게
자라 있었다. 눈에 보이는 흙 위의 줄기만큼, 뿌리도 꼭 그만큼 자
라나 있었다.
'작은 새싹을 틔우는 데 이만큼의 뿌리가 필요하구나.'
보이지 않았지만 뿌리가 충분히 뻗어나가야만 그 위로 줄기가 뿌리

세상 둘도 없는
조력자가 되어주는 것이 사랑이다.

의 크기만큼 자라나는 거였다. 그럼 우리가 보는 큰 나무들의 뿌리도 꼭 그만큼 땅 밑으로 뻗어 있겠다고 생각하니 땅속 뿌리들의 세계가 경이롭게 느껴졌다.

햇빛을 받고 물을 먹고 뿌리가 자라난다. 좋은 환경에서 좋은 나무들이 자란다. 적당히 거리를 두고 서로를 존중할 때 더 건강히, 크고 높게 자란다.

사람도 나무와 비슷하다는 생각이 들었다. 좋은 영향을 받아야 좋은 마음이 생기고 밝은 기운을 받아야 마음도 맑아진다. 자라온 환경이 다르고 생각도 다른 여러 나무들이 세상에 뿌리내리며 살아간다.

그들 중 누군가를 만나 사랑을 하고 함께 나아가는 것은 서로 다른 두 나무가 나란히 있는 것과 같다. 혼자서만 사방으로 뻗어나가면 옆 나무가 잘 자라지 못할 것이다. 서로의 뿌리를 존중하며 적당히 뻗어나가야 둘 다 건강한 나무가 될 것이다.

서로를 존중하며 서로에게 보이지 않는 뿌리 같은, 마음의 든든한 조력자가 되어주는 것이 어쩌면 진정한 사랑인지도 모르겠다.

가시 돋친 말

가시 돋친 말을 하는 순간
후회하면서도 그러고 있는 나를 볼 때가 있다.
내 마음의 가시가 입을 통해 말로 상대를 찔렀다.
얼마 후 그 상처가 다시 내게 돌아왔다.
상대의 상처는 다시 내게 꽂는 가시와 같았다.

홧김에 마구 내뱉고는
모르는 척했지만
가시 돋친 말을 늘어놓았다는 걸 안다.
내 안에 있는 가시들이 말이 되어
상대를 찔러 버렸다.

말을 꼭 그렇게 해야 하니?
그렇게 가서 돌친 말을 해야겠니?

결혼이
뭘까?

어느 늦은 저녁, 친구와 맥주를 마시며 이런저런 이야기를 하다 결혼에 대한 이야기가 나왔다. 친구도 나와 마찬가지로 결혼을 하지 않았다. 우리가 과연 결혼을 할 수 있을까 하고 친구가 물었다.

"도대체 결혼이 뭘까? 결혼을 하는 것이 어떤 의미가 있는 걸까? 어떤 사람이 그러더라. 결혼은 서로의 성적 소유권을 법적으로 인정하고 만인들 앞에서 약속하는 거래."

"앗, 성적 소유권? 그 말도 틀린 말은 아닌 것 같기도 하고. 근데 우습기도 하고 슬프기도 하고 표현이 재밌네. 만인들 앞에서 성적 소유권을 인정한다니."

"그치? 서로를 법적으로 묶는 거지."

성적 소유권의 법적 인정이라는 말 중 그 '소유'라는 단어에서 뭔가 불편한 느낌이 들었다.

소유를 할 수 있는 건가⋯⋯

"넌 어떻게 생각해?" 친구가 물었다.

"난 뭐 결혼을 하진 않았지만 내 생각에 결혼은 의리 같아. 끝까지 함께하며 서로에게 의리를 지키는 관계. 그게 성적 소유권만으로 한정되는 게 아니라 그보다 더 중요한 관계로 묶여서 늙어가면서도 서로를 존중하고 이해해주고 함께하려는 그런 마음."

"의리라······ 그렇게 살 수 있을까?"

"그러니까 쉬운 게 아니겠지 결혼은. 누군가의 인생이 오는 거고 두 인생이 함께 나아가야 하는 거니까. 그렇지만 그만큼 힘들면서도 그렇기 때문에 소중한 것일 수도 있지 않을까 하는 생각이 들어."

이렇게 말하고 나니 결혼은 생각했던 것보다 더 엄청난 일처럼 느껴진다. 결혼식이라는 형식이 아닌 결혼의 실제, 정말 함께 살아가는 생활로서의 결혼, 그것은 그런 받아들임의 준비가 되어야만 하는 것 같다.

"우리는 어쩌면 힘든 게 싫어서 이러고 있을지도 모르겠네 그럼."

"그럴지도 모르지. 자신이 없거나 생각이 너무 많은 걸지도."

"혹여 우리가 결혼을 하더라도 겁먹지는 말자. 만약 누군가의 인생을 함께해야 한다면 즐기자고."

"그래, 의리 있게 즐기자고!"

결혼생활은 좋다 나쁘다로 규정할 수 있는게 아니지 않을까. 함께하는 서로에 대한 존중과 의리가 있느냐 없느냐일지도.

부족한 둘이 만나
더 부족해졌다

흔히들 연인이나 부부가 되면 부족한 부분을 서로 채워가며 산다고 한다. 하지만 때로는 부족한 둘이 만나 더 부족한 느낌이 들 때가 있다.
뭐지? 이 기분은?

돈이 부족한 사람이 돈이 부족한 사람을 만나면 더 부족해질 수 있고, 청소를 안 하는 사람이 똑같은 만나면 더 지저분해질 수 있으며, 마음이 가난한 사람이 비슷한 사람을 만나면 마음 씀씀이가 더 가난해질 수도 있다.

반대로 나와 다른 사람을 만나면 그것이 채워질 것 같지만 꼭 그런 것만은 아니다. 서로 이해도가 달라 공감대를 이루기 힘들고 위로가 되지 않기도 한다.
결국 누군가를 만난다고 해서 나의 부족함이 채워지지는 않는다.

부족한 둘이 만나 더 부족해질 수 있다고 생각하니 나와 비슷한 부족함을 가진 지금 내 옆의 상대가 왠지 조금 더 편해졌다.

부족한 둘이 만나 더 부족해졌다.

혼자가 아닌 길

우리의 여행길은 혼자이면서도 혼자가 아니다.
바람이 있고
하늘이 있고
나무가 있고
흙이 있다.

때로는 그것만으로도 충분히 좋고 감사하다.
달리다보면 걷다보면 보이는 것들,
판단 없이 내게 오는 모든 것들을
그저 바라보며 앞으로 나아가도 되지 않을까.

4 장

잘 늙고 싶다

그래요, 저 좀 늦어요.

나처럼 늦은 사람들에게

"우리 나이에 풀지 말고 살아요"라고 말하고 싶다.

잘 늙고 싶다

요즘은 화장이 잘 먹지 않고 조금만 피곤해도 피부가 푸석푸석해지기 일쑤다.

원래 화장을 진하게 하는 편은 아니지만 예전에는 뭐라도 바르면 잡티가 가려지고 피부결도 좋아 보이고, 무엇보다 피부가 떠 보이진 않았는데 이제는 피부가 좀 칙칙해 보이긴 해도 아무것도 바르지 않는 편이 오히려 괜찮아 보인다.

왜 그런지 고민을 해봤는데 아무래도 나이가 들다보니 피부의 유수분이 부족해지면서 잔주름이 생겨서인 것 같다.

지금은 화장을 하고 나면 그 순간에는 괜찮아 보이지만 시간이 지나면 이내 잔주름 모양으로 화장선이 생기고 얼굴이 떠 보인다. 조금 슬프지만 화장을 하는 귀찮음이 없다고 생각하니 한편으로는 마음이 편하기도 하다.

어차피 시간의 흐름을 거부할 수는 없고, 피부 탄력이 떨어지면서 늘어나는 잔주름이야 자잘한 것이니 그렇다손 치더라도 인상을 좌우하는 표정 주름이라도 예쁘게 만들며 늙고 싶다.

미소 지으며 웃는 얼굴로 힘들어도 긍정적인 마음가짐을 갖고 살아가는 사람의 주름과 근심 걱정 많고 불만을 품으면서 살아가는 사람의 주름은 그 모양새가 달라 보인다.

주름이 많아졌군...

이왕 생기는 주름,
이쁜 주름을 만들면서
늙어야지 ~

나이가 들면 얼굴에서 그 사람의 인생이 보인다고들 한다.

눈빛에 따라 눈 주변의 주름이 살아온 삶의 표정으로 자리잡고, 입 표정에 따라 입 주변의 주름이 그 사람의 마음 씀씀이로 나타난다.

나이 들어 돈과 명예는 얻었지만 표정이 딱딱하게 굳은 사람을 보면 생각보다 그리 행복해 보이지 않고, 특별히 가진 것 없고 자글자글 주름진 얼굴이지만 웃는 표정의 주름이 잡힌 얼굴을 보면 '그래도 잘 살아온 사람이구나' 하는 생각이 든다.

이왕 나이드는 거, 이왕 생기는 주름, 세월에 맞게 예쁜 주름을 만들면서 나이들고 싶다.

훗날 문득 거울에 비친 내 모습을 볼 때 '그래도 좋은 표정, 괜찮은 마음가짐으로 살아왔구나' 하고 스스로 느껴지도록.

생물학적
자존감

문득 다가온 조기폐경의 걱정.

언젠가부터 한 번도 걱정해보거나 진지하게 생각해본 적 없는 단어
인 '조기폐경'에 신경쓰이기 시작했다. 2~3년 전 생리양이 급격히
줄긴 했지만 매달 생리주기가 나름 규칙적이었기에 큰 위기의식을
느끼지 못했다. 그런데 올해 어느 날부터 생리가 시작한 지 하루이
틀 만에 끝나버렸다.
'뭐지? 왜 하루만 하는 거지? 그리고 양이 왜 이렇게 민망할 정도로
줄었지?'
문득 일어난 몸의 변화가 낯설었다.

그렇게 지겹고 귀찮았던 생리가 하루이틀 만에 끝나니 덜컥 걱정이 되기 시작했다. 뭐, 꼭 아이를 낳겠다는 결심은 없었지만…… 이렇게 눈에 보이게 하루면 땡 하고 끝나니 아쉬우면서도 '이래도 되나? 괜찮은 건가' 싶은 생각이 들었다.

'여자로서의' 존재감에서 뭔가 멀어지는 느낌이랄까.

몇 달간 생리양을 체크해보다 잘 가지 않던 부인과 병원을 가보기로 했다. "부인과 진료는 뭔가 편치 않은데……"라고 중얼거리며 불편한 마음으로 진료를 받았다.

의사: 생리가 불규칙적인 게 더 안 좋은데 그래도 규칙적이라 괜찮아요. 그러나 양이 급격히 줄어든 건 좋은 징후는 아닙니다.

나: 아, 네. 제가 나이에 비해 양이 너무 적고 하루만 하는데 조기폐경이 될까요?

의사: 그건 몰라요. 하루만 하면서도 10년을 하는 사람도 있고 조기폐경되는 사람도 있어요. 미혼이시죠?

나: 네, 미혼이에요.

의사: 아이를 낳으실 건가요? 나이가 있으니 아이를 가질 거라면 빨리 갖는 게 좋을 거예요. 임신을 할 생각이 없다면 문제가 안 되고요. 아이를 가질 예정이면 아무래도 늦어질수록 임신 확률이 떨어지겠죠.

나: 네. 아이를 낳을 건지 안 낳을 건지 진지하게 고민해봐야겠네

요. 혹시 어떤 처방이 있을까요?

의사: 음, 처방은 딱히 없고요. 뭐, 비타민 정도? 혹 호르몬 검사를 원하시면 생리중에 오셔서 검사받으세요.

나: 네. 알겠습니다.

병원을 나오면서 기분이 이상했다.

'아이를 낳을지 말지를 결정해야 할 때구나. 생물학적으로 시간은 정해져 있는 거였구나. 알고는 있었지만 남의 일이라고만 생각했지 내가 그런 상황에 직면할 거라고는 아직 상상하지 못했는데……'

그 순간 생물학적 자존감이 떨어지는 느낌이 들었다.

'몸은 머리보다 정직하구나. 시간의 상태를 대놓고 말해주니 말이야. 막연하게 생각은 하고 있었지만 초음파로 확인하고 나서야 현실을 직시하게 되네.'

내 나이 이제 마흔 줄에 들어서지만 이건 좀 이른 듯싶다. 결혼은 둘째 치고 아이를 낳을지 안 낳을지에 대한 선택이 더 중요해져버렸다.

이제 내게는 미룰 수 없는 선택의 시간이 온 것 같다.

집으로 돌아오는 길에 조기폐경 예방에 좋은 것들을 검색하다 연관검색어로 뜨는 난임, 출산, 자연분만, 이런 단어들을 보며 인체의 신비로움을 새삼 떠올리게 되었다.

'아무리 생물학적 내용을 읽어도 난자와 정자, 수정, 세포와 분열,

생명의 탄생, 너무 신기한 것 같아. 생명체라는 것은, 세포라는 것은 이해할 수 없을 정도로 신비롭고 신기해. 인간을 포함해서 모든 생명이라는 것은 설명되지 않을 만큼 대단해. 또한 여성의 생물학적 몸의 구조도 신기하고. 내 몸 또한 마찬가지로……'

다 알고 있는 내용들이었지만 폐경 선고를 받은 것 같은 내게는 아는 내용들도 다시 새롭게 느껴졌다.

'아이를 가져야 하나……' 고민을 하게 되니 '아이를 가지면 결혼은 해야겠지?'라는 생각이 자연스레 이어진다.

결혼, 아이…… 아니면 혼자……

여전히 내게는 남은 숙제가 많은 듯한 느낌이다. 혼자여도 좋았는데 생물학적 나이에 대해, 아이에 대해, 결혼에 대해 마지막으로 다시 생각해보는 시간을 갖게 되었다.

"귀찮았던 생리가 이렇게 아쉬워질 줄이야!"

나이가 들면서 새로운 고민들이 계속 생기는구나.

50대가 되면 어떤 새로운 생물학적 고민을 하게 될까?

적당한
스트레스

"정말 일 안 하고 자유롭게 살고 싶어. 일 안 하고 살 수 있으면 얼마나 좋을까?"

"정말 그럴까? 근데 너는 일 안 할 때보다 일할 때 더 생기 있어 보이는걸?"

"그래? 왜 그렇지? 나는 정말 일 안 하고 살고 싶은데."

"어쩌면 너는 일을 좋아하는지도 몰라. 너뿐만 아니라 모든 인간이 그럴지도. 일을 하면서 느끼는 적당한 스트레스가 생의 활력이 되는 건 아닐까?"

"적당한 스트레스가 주는 활력이라……"

"응. 내가 보기에는 너, 일 좋아하는 것 같아."

직장을 다닐 때는 일 때문에 다른 것을 할 수가 없었다.

하고 싶은 것도 일하느라 미루고, 가고 싶은 곳도 일 핑계로 미루고, 몇몇 상상의 계획들도 일 때문에 틀어졌다.

일을 하면 다른 곳에 에너지를 자유롭게 쏟지 못하는 것에서 오는 불만들이 페이스트리처럼 차곡차곡 쌓이게 된다.

반면 일을 하지 않으면 그런 불만들이 없어질 것 같지만 의외로 만

족스럽지만은 않다.

일이 없어 좋으면서도 어딘가 아쉽고, 자유롭게 뭐든 할 수 있는 시간이 생겼지만 딱히 무엇도 하지 않는 나를 발견하곤 한다.

아무것도 하지 않는 게 좋다고 말하면서도 매 순간 두리번거리며 내가 할 일이 무엇인지 찾게 된다.

사실 자유롭고 싶어 하지만 진정 자유로운 것이 무엇인지 잘 모르겠다.

이야기를 하다 알았다.

어쩌면 나는 적당히 자유롭지 않을 때 삶의 에너지를 더 많이 발산한다는 것을.

때로는 일 때문에 생기는 적당한 스트레스가 사람을 덜 심심하게 하고 생기 있는 에너지를 만든다는 것을.

외모의
변화

오랜 친구 J는 나의 대학 동창이다.

20대 중반 즈음 외모에 늘 고민이 많았던 J가 튀어나온 입을 살짝 집어넣기 위해 교정을 하겠다고 선언했다. 나와 친구들은 교정을 하기 위해 멀쩡한 이를 빼는 것에 반대했지만 J는 3년여에 걸쳐 교정을 했고 그 덕에 입이 들어가고 턱이 조금 갸름해졌다. 그녀는 교정을 한 것을 후회하지 않았다. 이후 J가 라식 수술을 하겠다고 했을 때도 나는 "넌 안경이 트레이드마크고 잘 어울려서 수술받지 않아도 될 것 같아"라고 반대했지만 그녀는 고민 끝에 라식 수술을 받았다. 네모난 턱 때문에 보톡스를 맞을 때도 여전히 반대했지만 그녀는 열심히 보톡스를 맞았다. 나는 내면의 아름다움이 더 중요하지 외형은 별로 중요하지 않다고 생각해왔고, 사실 J를 20년 가까이 봐와서 그런지 외모에 투자한 만큼 효과가 크지 않았다고 생각했다.

그러던 어느 날 이삿짐을 정리하다 20대 초반에 J와 함께 찍은 사진을 발견하곤 깜짝 놀랐다.

"우와, 많이 예뻐졌구나! 그 긴 시간 동안 자신을 조금씩 조금씩 다듬어왔구나……"

나는 왜 매번 반대했을까? 나는 왜 하지 않아도 예쁘다고, 하지 말라고 했을까? J는 많이 고민하고 조금씩 자신을 다듬은 거였는데. 외모에 콤플렉스가 많았던 그 친구는 그것을 넘어서려고 부단히 노력해온 것이었다.

사람들은 외모에 관심이 많다. 친구 J뿐만 아니라 누구나 그럴 것이다. 물론 외모가 모든 것은 아니다. 그러나 외모는 모든 것이 아닌 것도 아니다.

우리는 누군가를 처음 볼 때 어쩔 수 없이 외형을 보고 첫 이미지를 판단하곤 한다. 한 사람을 규정짓고 떠올리는 여러 가지 이미지 중에는 외모도 포함되어 있으니까.

그렇기에 자신의 콤플렉스를 보완하기 위한 외모 다듬기는 어느 정도 필요한지도 모른다. 얼굴이든, 옷차림이든, 헤어스타일이든…… 그 누가 외모로부터 자유로울 수 있을까? 특히 우리나라 사람들은 눈에 보이는 것과 체면을 중시하는 풍조가 있다.

나 또한 외모는 중요하지 않다고 말하면서도 예쁘고 잘생긴 사람에게 눈길이 간다.

나도 어느 곳에 가느냐, 누구를 만나느냐에 따라 내가 어떻게 보일지를 신경쓰며 그런 자리에는 이런 느낌이면 될까? 이 옷이 어울릴까? 하고 고민하곤 한다.

외모가 전부가 아니라고 생각하면서도 예쁘다는 말을 듣고 싶어 하는 자신을 떠올렸다.

'나 또한 너무나도 외형적인 부분을 많이 의식하고 있구나.'

오래전 찍은 사진을 보면서 '외모 콤플렉스가 많았던 J가 매 순간 얼마나 많은 고민 끝에 내게 질문을 했을까?' 하는 생각이 들었다.

이후 나는 J를 만나 힘주어 이야기했다.
"이젠 앞으로 네가 외모에 투자하는 것에 일단 전적으로 찬성할게! 물론 지나치지 않은 선에서 적당히. 넌 있는 그대로 예쁜 모습도 많으니까."
우리 모두에게는 어쩔 수 없는 외모 콤플렉스가 있으니까.
그리고 적당히 스스로 극복하는 방법들도 있으니까!

내게 드는
비용

운전을 시작한 지 3년이 지났을 즈음 첫 사고가 났다.

팔 수술 후 통원 치료를 하기 위해 병원을 다녀오는 길이었다. 한쪽 팔이 성하지 않아 사고 직후 '내가 운전하다 실수를 했나?'라고 생각했지만 사실은 옆 차선에서 달리던 차가 갑자기 차선을 바꾸려다 뒤에서 내 차를 쿵 하고 박은 것이었다.

첫 사고였고 생각보다 충격이 강했기에 심장이 쿵쾅쿵쾅거리고 팔이 덜덜 떨렸다. 운전석 뒷좌석 문이 찌그러지고 길게 긁혔다. 당황한 나는 차에서 내려 중년으로 보이는 상대 차량 운전자에게 다친 데는 없는지, 괜찮은지 물어보고는 사고 진행을 어떻게 해야 하는지 몰라 우물쭈물하며 가해자에게 이렇게 물었다.

"저, 제가 차사고가 처음이라 이런 상황에 어떻게 해야 하는지 잘 모르는데요…… 어떻게 해야 하나요?"

그 사람은 "아, 제가 제 보험사에 연락했으니 그냥 가셔도 됩니다"라고 간단하게 말했다.

나는 그러면 되는 건가 싶기도 하고, 뭔가 내가 해야 할 일이 있을 것 같다는 생각이 들면서도 "아, 그래요?"라는 말만 하곤 어쩌지 못하고 있었다.

우물쭈물 서 있는 나를 두고 가해자는 급한 일이 있는 듯 차를 타고 횡 가버렸다. 나는 바보같이 사고 현장 사진 한 장 찍지 못하고 보험회사에 전화도 하지 않았다(지금 생각해도 참 바보 같다).

뭔가 무척 찝찝했지만 오가는 차들이 너무 많은 차선이라 빨리 차를 비켜줘야 할 것 같았다. 나는 사고 현장을 떠나 얼른 집으로 돌아왔다.

그후 물론 보상을 받았지만 나의 과실도 생각보다 많이 적용된 느낌이어서 기분이 좋지 않았다.

보험을 들어놓고도 어떻게 해야 하는지 몰라서 보험회사에 전화도 안 하고 가해자에게 물어보다니…… 참 바보스럽기 짝이 없지 싶다.

'이러려면 보험은 왜 든 거야?'

나의 첫 자동차 사고는 이렇게 어이없이 지나갔다.

그 사건이 있고 며칠 후 나는 아빠와 통화를 하다가 그날 사고 이야기를 했다. 아빠는 내 이야기를 다 들으시더니, 사람마다 배우는 데 드는 비용이 다르다고 하셨다.

"그 경험의 비용을 싸게 지불했다면 네가 그런 실수를 할 수 있는 사람이라는 것을 몰랐을 거야. 돈으로 비유하자면 어떤 사람은 만

원으로도 아는 것을 어떤 사람은 10만 원, 혹은 100만 원을 들여야만 알게 되기도 하거든. 넌 그걸 알기 위해 그 정도의 자극이 필요했나 보구나."

그 말을 듣고 나니 그런 것 같기도 했다.

'난 나를 채찍질할 정도가 되어야만 깨닫게 되는 것이 있는 것 같아. 어떤 일이 생길지도 모른다고 생각하면서도 설마 하는 마음에 예방하지 않고 대처하지 않는 또다른 내가 내 속에 있으니까……'

이번 사고도 앞으로의 대처법을 배우기 위해 일어나야 할 일이 일어났는지도 모른다고 생각하니 새롭게 하나 배운 느낌이 들었다.

살아가면서 예상치 못하게 내게 드는 비용이 앞으로도 많이 남아 있겠지? 그 비용이 돈이든 마음이든 시간이든 뭐든 부족한 경험으로라도 겪어야만 알게 될 것들이 얼마나 남아 있을까?

내 나이의
무게

제자의 졸업전시를 보러 오랜만에 대학교에 갔을 때의 일이다.
캠퍼스의 정취는 싱그럽기 그지없고 어설프지만 마음껏 멋을 낸 아이들이 마냥 귀엽고 예쁘게만 보이는 대학이라는 곳.
과거를 회상하게 하고 미소 짓게 만들기도 하는 추억의 장소인 교내 정원과 학생회관을 지나 익숙한 냄새가 나는 미대 건물로 들어가 엘리베이터를 기다리고 있었다.
한 여학생이 엘리베이터를 탔다가 다시 내려 급히 밖으로 나가기에 나는 잘됐다 싶어 얼른 올라타 그 자리를 메꿨다.
그 순간 '삐익~삐이익~!' 소리가 울렸다.
'어, 이상하다. 아까 그 여학생이 나보다 덩치가 더 컸는데도 소리가 울리지 않았는데 왜 내가 타니까 울리지?'
나는 순간 당황했다. 내려야 하나 마나 고민하고 있는 나를 학생들이 곁눈질로 일제히 쳐다보고 있었다.
내리고 싶지 않았지만 눈치가 보여 어쩔 수 없이 내리고는 다음 엘리베이터를 기다리는데 문득 이런 생각이 들었다.

'왜 소리가 났을까? 혹시 내 나이의 무게 때문인가?
요즘 엘리베이터는 나이도 측정하나? 인공지능?'

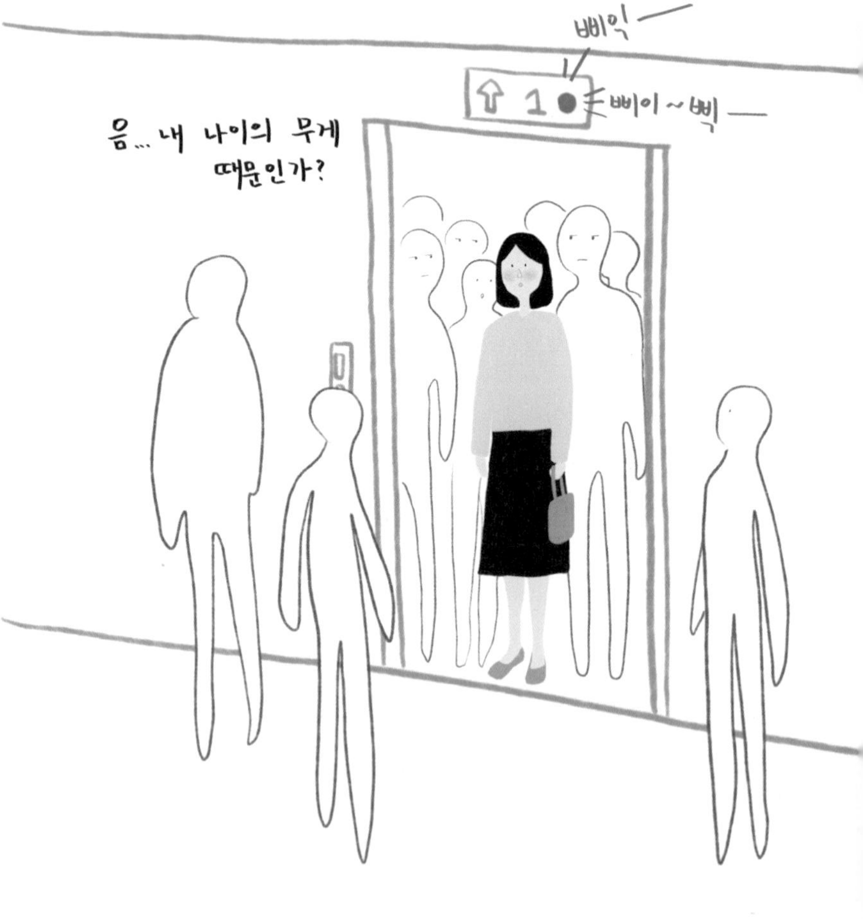
삐익
삐이~삑
1
음… 내 나이의 무게
때문인가?

이런 말도 안 되는 생각을 하고 있는 것이 웃기고 당황스러웠지만 나이가 든다는 것은 이렇게 말도 안 되는 생각을 할 수 있는 특권 같기도 하다.

'내가 나이가 들어서야 알게 된 것들이 많아서 좀 무거워지긴 했지. 암~'
이렇게 스스로에게 위로 아닌 위로를 하며 다음 엘리베이터에 마음 편히 제일 먼저 탑승했다.
'그런데 나중에는 엘리베이터가 정말로 나이도 측정하게 되는 건 아니겠지?' 엉뚱한 상상을 해본다.

부채
의식

장녀이면서 둘째인 나는 위로는 오빠가 있고 아래로는 여동생이 있다. 대학 진학을 위해 상경한 후 서울에서 살았고, 그렇게 가족들과 떨어져 지낸 지는 이제 20년이 넘었다. 현재 아빠는 밀양, 엄마는 창원에 살고 여동생은 김해에, 오빠는 싱가폴에 살고 있다. 어쩌다 보니 가족들이 다 흩어져 산다. 요즘 가족의 흔한 모습 중 하나일 것이다.

가족.
내게 가족은 늘 미안하고 잘해줘야 할 것 같은 존재다. 이유는 없다. 그냥 처음부터 그런 마음이 들었는데 왜 그런 마음이 들었는지는 잘 모르겠다. 성공을 해야 한다는 생각도 가족 때문에 더 강하게 들었다. 성공이라고 해봐야 돈을 많이 버는 것이지만 말이다. 안타깝게도 일단 경제적 부에 있어서는 그다지 성공적이지 않은 것 같다.

누가 짐 지우지 않았지만 부채의식처럼 스스로 지운 무게들이 있다. 가깝게는 딸로서 언니로서 동생으로서. 조금 더 나아가 조카들의 고모로서 이모로서. 더 확장해서는 친척에게, 친구에게 등등.
좋은 사람이고 싶었던 것일까. 보이지 않는 교육들에 의해 주입된 생각 같은 것일까.

뭔가 실망시키면 안 된다는 마음이 늘 존재했다.

그런데 누구를 실망시키는 것일까.

아무도 내게 일부러 짐 지우려 한 적은 없는데 말이다.

어쩌면 나를 향한 보이지 않는 기대들에 스스로를 맞추면서 내게 지나가는 작은 기대의 말에도 부응하려고 애썼던 건 아닐까.

그런 기대는 또다른 기대를 낳기에 매번 좋은 모습으로 기대에 부응하기에는 한계가 있었다.

나는 엄청난 능력자도 아니고 한없이 마음 넓고 착한 사람도 아니기에.

실망을 시켜야 했다.

그래서 그 보이지 않는 기대들에 나 스스로 실망을 시키기로 했다.

착한 사람, 안정적인 직장, 결혼, 좋은 사람이라는 틀에서.

더 나답게 살기 위해 내게 짐 지워진 것들을 내려놓고 싶어서 주변 사람들을 실망시키기로 했다. 이기적이고 싶었다.

사실 주변 사람들은 핑계다. 더 정확하게 말하자면 나는 사실 나를 실망시키기로 한 것이다.

스스로에게 어쩔 수 없는 실망을 맛보게 하고 싶었다.

나의 선택이니 원망도 내게 하면 되고 책임도 내게 물으면 되었다.

어려울 건 없었다.

단지 용기가 필요했다. 이기적일 용기.

결과는 좋았다.

부족한, 충분히 부족할 수 있는 나를 보여주니 가족들은 긴 시간을 지나고 지나 부족한 나를, 부족해진 나를 있는 그대로 봐주었다. 물론 모든 부분이 성공적이지는 않았고 도중에 어려움도 있었다. 싸우기도 했다. 싸우는 건 너무 힘이 드는 일이다. 특히 가족과 투닥거리는 일은 감정 소모가 너무 컸다.

나는 생각보다 성숙하지 못한 사람이며, 생각보다 마음이 넓지 못하며, 생각보다 능력도 크지 않다는 것을 인정해야 했고 인정시켜야 했다.

그런 시간들이 지나 어느덧 조금 편해졌다.

나 스스로 편해지는 부분이 생기니 상대를 대하는 나도 부분적으로 편해졌다.

부채의식의 짐들을 하나둘 내려놓으니 나를 힘들게 한 것들의 원인은 어쩌면 내게 있었던 건 아닌가 하는 생각이 들었다.

물론 아직도 알 수 없는 부채의식들이 남아 있다.

관계라는 틀이 없어지지 않는 이상 이 알 수 없는 미안함과 부채의식이 완전히 사라지는 건 불가능할지도 모른다.

어쩌면 이 사회에서 말하는 '도리'라는 틀이 보이지 않는 죄책감을 만드는 건 아닐까 하는 생각도 든다. 자식으로서의 도리, 부모로서의 도리, 언니로서의 도리 등등…… 서로가 그런 도리를 해야 하는 관계로 만나지 않고 인간 대 인간으로 오롯이 봐줄 수 있다면 이런

부채의식도 조금은 덜하지 않을까? 그런 것만 떼어내도 죄책감 없이 좀더 편하게 살아갈 수 있을 것 같다.

나 또한 누군가에게 부채의식을 주는 존재일 수도 있다. 그런 존재로 남거나 기억되고 싶지는 않으니 나부터 얼른 정신을 차려야겠다.

부책의식을 받지도 주지도 않는 좋은 어른으로 나이들고 싶다.

엄마와
딸

엄마와 딸.

세상에서 제일 만만한 관계 중에 엄마와 딸의 관계는 서로 막말을 주고받는 최고의 관계인 것 같다.

이야기를 하다가 서로가 듣기 싫은 말이 나오기 시작하면 이후의 말을 듣기도 전에 감정은 이미 상해버리고 서로를 자극하는 말과 행동, 표정으로 예민하게 대하기 시작한다.

누가 옳고 그른 것은 없겠지만 서로를 뻔히 잘 안다는 전제하에, 상대를 자기식대로 생각하고 판단해버리며 감정 섞인 표현들을 마구 쏟아낸다.

엄마는 "저거저거 왜 또 저러나, 저런 성격으로 밖에 나가서 다른 사람한테도 저러면 어떡하나" 싶어 더 강하게 잔소리를 하고, 딸은 "엄마 또 저런다. 엄마가 그러니까 내가 그러지. 아무도 내게 그렇게 대하는 사람이 없어"라고 반박하며 지지 않고 더 큰소리친다.

이야기의 화두는 이미 다른 쪽으로 옮겨갔다. 결국 서로의 성격 문제를 지적하며 감정싸움에 빠지고 만다.

매번 반복되는 일이지만 매번 열정적으로 언쟁을 하고, 이 싸움은 누구도 쉽게 참지 못한 채 끝이 난다.

서로가 만만하다보니 의식적으로 감정을 절제하지 않으며, 생각보다 말이 먼저 나와버려 다른 주제에 대해 이야기하다가도 항상 감정이 상한 채 끝나게 된다.

왜 이렇게 매번 반복될까?
만약 이렇게 싸우고 막말을 해서 관계가 쉽게 끝나거나 연이 끊긴다면 오히려 기분이 상해도 서로 조심할 것이다. 부모와 자식이라는 관계를 천륜이라 부르듯 아무리 싸워도 애초에 없던 관계가 되지는 않는다는 것을 무의식적으로 알고 있기에 그저 만만할 수 있는 게 아닐까.
아무리 연을 끊을 것처럼 싸워도, 그럼에도 불구하고 엄마와 딸이기에, 그렇기에, 서로 무한히 만만할 수 있는 것 같다.
그렇게 오늘도 나와 엄마는 티격태격했다.

친절하지
못했다

가족이라는 단어는 든든하면서 부담스럽기도 한 단어다.
누가 그러라고 하진 않았지만 책임감이 생기고,
누가 그러라고 하진 않았지만 쉽게 막말을 하고,
누가 그러라고 하진 않았지만 신경이 가장 많이 쓰이는 존재다.

어느 날 엄마와 통화를 하다 버럭 짜증을 내버렸다.
"그러지 좀 마."
전화를 끊고 걸어가는데 조금 뒤 마음이 불편해졌다.
"이렇게 전화를 받고 끊으면 엄마는 어떤 기분이 들까? 왜 내게 말을 그런 식으로 하는 거야? 흠."
서로가 불편한 통화였지만 이런 일은 도돌이표처럼 반복된다.

'엄마는 왜 내게 친절하게 설명하지 않고 그냥 무작정 자기 이야기만 하는 거지? 정말 불편해. 매번 너무 자기 위주잖아!'
그런데 가만히 걷다 이런 생각이 들었다.
'그럼 나는 친절했나?'
......

가족에겐, 특히 엄마에겐 친절하지 못했다...

생각해보면 타인에게는 친절하게 설명하고 이해해주고 기다려주면서 가족에게는 그러지 못했다.

싫어, 그러지 마, 그만해, 왜 그래? 제발 좀, 됐어⋯⋯ 이런 식의 친절하지 못한 이야기를 아무렇지 않게 했던 것이다.

왜 싫은지, 왜 그러지 말았으면 하는지, 나의 상황과 생각을 제대로 설명한 적이 한 번도 없었다. 특히 엄마에게는 더더욱 그랬다.

가족이어서 쉽게 했던 행동들이 오히려 서로에게 더 큰 상처가 될 수도 있다.

"가족이니까 이해해야지, 가족이니까 그럴 수 있어, 가족인데 어떻게 그래, 엄마가 어떻게 그래"라는 말이 때로는 관계에서 폭력이 될 수도 있는 것 같다.

갑자기 미안해졌다.

나이를 먹으면서 타인에게 생기는 너그러운 마음을 가족에게는 베풀지 못하고 있었다. 어찌 보면 가장 소중한 사람들인데 말이다.

너무나 편하고 만만하기에 나의 가장 얕은 모습을 쉽게 내보이는 건 아닐까 싶었다.

'서로를 잘 안다고 생각해서 더 쉽게 말을 내뱉기도 하는 것 같아.'

'근데 엄마가 당연히 나를 다 안다는 전제하에 이야기하는 것들이

톡톡톡톡‥

나도 불편하잖아? 그럼 나도 엄마를 다 안다고, 원래 그런 사람이라고 함부로 단정지어 말을 자르며 이야기하면 안 되는 건데······'

왜 가족에게는 좀더 친절하지 못할까.
터덜터덜 한강 다리를 다 건널 즈음 나는 새로운 다짐을 했다.

'이제는 내가 조금 달라져야겠어! 귀찮고 시간이 걸리더라도 나의 생각과 상황을 충분히 설명하고 상대의 이야기도 들어봐야지. 조금 더 친절해질 거야. 잘될지는 모르겠지만 한번 해봐야지.'

분명 참을성이 요구되고 힘들겠지만 꾹 참고 해보기로 했다.

그 시절
표정

문득 옛날 사진들이 보고 싶어 먼지 쌓인 채 구석에 꽂혀 있는 앨범을 찾아 뒤적뒤적 넘겨보며 추억 여행을 했다.

"어릴 적에는 남자 같았구나. 머리를 이렇게 빡빡 밀었던 적도 있었구나. 아, 촌스러. 그런데 귀엽고 재밌네. 이 포즈는 뭐야~ 깔깔깔"

이러고 웃으며 앨범을 넘기다 멈추고 사진을 들여다보았다.

청소년기의 내 모습이 담긴 몇몇 사진들이었다.

누가 그 시절에는 뭘 해도 예쁘다고 했나요?

사진을 가만히 들여다보니 그 속의 나는 뭔가 우울하면서도 괜찮은 것 같기도 하고, 웃는 것도 안 웃는 것도 아닌 알 수 없는 표정을 짓고 있고, 세상의 짐을 혼자 이고 가는 무거운 얼굴로 카메라를 쳐다보며 그 속에 있었다.

'세상 고민은 혼자 다 하고 있는 얼굴이잖아, 이런 냉소적인 표정이라니!'

한창 예쁠 나이고 그저 예쁜 시절인 줄 알았는데 생각보다 너무 못났고 미운 표정 그득한 모습들이 사진 속에 있었다.

'와, 진짜 못났다. 인생에서 가장 못난 시절이었구나, 이때가.'

'왜 저런 표정으로 사진을 찍은 걸까? 질풍노도의 시기라는 것을 온몸으로 말해주는 듯한 사진이네. 지금의 모습을 보니 그때보다 많

이 나아진 것 같아 진짜 다행이다.'

청소년기와 20대는 어떤 모습이 나의 예쁜 모습인 줄도 모르고, 내게 어울리는 것이 뭔지도 모르고, 어떻게 예쁘게 웃는지도 모르는 인생 절정의 어중간한 시기였던 것 같다. 내 생각과 다른 어색한 모습들이, 부끄러운 모습들이, 우스운 모습들이 그 시간 속에 있었다.

나중에 더 나이가 들어 지금의 모습이 찍힌 사진을 보면 어떤 생각이 들까?
먼 훗날 지금 모습을 보게 된다면 '이때는 왜 이런 표정이었지?'라는 생각을 또 하게 되겠지.
훗날 다시 들춰보게 되는 그 사진들 속에는 나만 알고 싶은 나의 못난 모습들도 있을 테지만, 그런 모습임에도 밝게 미소 짓는 내가 있기를.

○○ 여고

반 ○○○

3학년 ○반 우리씨

3학년 ○반 ○○

그 시절 표정. 질풍노도의 시기.

꼬여 있는
사람

마음이 꼬이기 시작하면
생각의 꼬임이 머리끝에서 발끝까지 꼬여 심히 옹졸해진다.
들키기 싫은 마음에 고상하게 아닌 척하지만
이미 꼬인 마음을 숨길 수가 없다.
숨길 수 없는 꼬임이 꼬이고 꼬이고 꼬인다.
이러다 진짜 꽈배기가 될 것 같다.

왜 나를 그렇게 쳐다본 거지?
그 말은 일부러 나 들으라고,
나보고 한 말이 분명해!
딱 보면 알아!
나를 싫어하나 봐 --

" 고상한 척 꼬임

물속에 비친
나

괜찮다 괜찮다 스스로 되뇌어보면서도
작은 파동에도 흔들리는 나를 보곤 한다.

그랬다.
어쩌면 괜찮다 하면서도 괜찮지 않았고
괜찮지 않다 하면서도 괜찮았다.
내 안의 여러 모습과 생각들이 어떤 순서로 드러나는지
알 수가 없다.
유연한 물과 같이 흐르고 싶은데
그 속에는 언제나 흔들리는 모습이 비칠 뿐이다.
심술이 난다.
흔들리는 나를 보며 짓궂게 물을 튕겨본다.
삶에 초연하고 싶은데 그러지 못하는 내가 싫다.
가끔은 그렇게 굳이 파동을 일으켜가며
스스로에게 심술을 부려본다.

삶의
도돌이표

어린 조카와 나이든 엄마를 보고 있으니 생체 리듬의 주기가 비슷
해지는 것 같다.
힘이 빠지면 먹어야 하고, 피곤하면 자야 하고, 서 있는 것보다 앉아
있거나 누워 있는 시간이 많고, 자주 아프고, 오래 걷지 못하고.

성장하면서 앞으로 나아가는 인생인 줄 알았는데 어쩌면 크게 돌아
가는 것일지도 모른다는 생각이 문득 든다.

나아간다고 생각했는데
돌아가는 것일지도!

드라마 속에 나올 법한
이야기들

살다보면 드라마에나 나올 법한 일들이 일어나곤 한다.
드라마는 논픽션이 아닐 수도 있겠다는 생각이 들 만큼 드라마틱한
실제를 마주하는 요즘이다.

삶은 역시 알 수 없고 재미있다는 생각이 들어요.
인생은 드라마가 맞았어요.

드라마 속에 나올 법한 이야기

노동의
즐거움

육체적인 일을 할 때 자신의 성향이 가장 잘 드러난다.

나는 몸을 쓰는 단순 노동을 좋아하고 열심히 한다.

예전에 회사에서 힘쓰는 육체노동을 해야 할 때 동료들이 나를 보고 말하기를 "웬만한 남자보다 힘을 잘 쓴다"라고도 했었다.

물론 '여자라고 못 할 일이 어디 있냐'라는 생각에 더 열심히 일하기도 했다.

흔히들 '일머리'라고 말하는 것이 있어서 몸으로 하는 노동을 할 때는 시간 가는 줄도 모르고 무척 열심히 일을 한다.

좀 쉬엄쉬엄 하라고 해도 일의 리듬이 끊길까봐, 할 때 바짝 해야 한다며 쉬지도 않고 매번 허리가 뻐근할 정도로 일에 집중한다.

'일의 리듬이라니…… 좀 쉬다 해도 될 것을 굳이……'

가끔 그런 자신을 보고 있자면 '전생에 노비였나? 힘든데 왜 이리 쉬지 않고 억척스럽게 일을 할까' 하는 생각이 들곤 한다.

잘은 모르지만 분명 양반은 아니었던 것 같다.

매번 몸이 뻐근할 정도로 일해야 '일 좀 했다!' 싶다.

그래도 때로는 노동을 즐기는 면이 있어 다행스럽기도 하다.

가녀린 몸이고 싶지만 일 근육들이 숨어서 꿈틀대니 점점 근력 있
는 몸이 되어가고 있다.
그림을 노동하듯 이렇게 열심히 그렸다면 벌써 성공했을 텐데.
쩝, 아쉬운 노비 인생이다.

노동의 즐거움

하루의
시간

고민이 많은 나.

만약 딱 하루의 시간이 주어진다면 무엇을 할지 말해보라고 하면,
하루의 반나절은 분명 뭘 해야 할지 몰라 고민만 하며 보내고
또 남은 반나절은 시간이 더 없으니 어떻게 해야 하나 고민을 하다
잠든 채 반나절을 보내버릴 것만 같다.

너무 어려운 질문이다.

"당신에게 하루의 시간이 남았다면 무엇을 하겠습니까?"

"음…… 저는 뭘 할지 고민하다 하루를 보낼 것 같습니다."

그건
네 생각이고

친구와 바나나를 먹다가 이야기했다.

"어쩌다 바나나로 태어나서는 이렇게 내게 먹히다니······"

"그건 순전히 네 생각이지~

바나나는 이런 감정 따위는 생각지도 않을 거야. 바나나의 입장에서는 모순덩어리로 아등바등 살아가는 인간이 더 불쌍해 보일지도 몰라."

"앗······!"

바나나는 바나나를 먹으면서 불쌍히 여기는 나를 어떻게 보고 있었을까?

"어쩌다 인간으로 태어나서는~"이라고 말할 것 같다.

띄우자 마음,
가볍게

어린 조카와 비눗방울 놀이를 한 적이 있다. 물에 주방세제를 넣어서 동그랗게 뚫린 막대기에 담갔다가 "후~" 하고 불면 투명한 비눗방울이 풍선처럼 뿅뿅 나오는 놀이. 빛의 산란에 따라 무지갯빛이 보이기도 하고 굴절되어 주변 이미지들이 재미있게 보이기도 한다. 이내 터지고 마는 비눗방울이 있고 꽤 오래가는 방울도 있다. 예쁜 방울들이 오랫동안 동동 떠다니는 걸 보며 둘 다 좋아서 깔깔거리며 폴짝폴짝 뛴다. 간단하면서도 재미있고 즐거운 놀이다.

그리고 방울을 크게 "후우~" 하고 불면 은근히 기분이 좋아지기도 한다.

"와~ 이모 거는 엄청 크다!"

크게 불어낸 나의 비눗방울을 보고 조카가 몹시 흥분한다.

커다란 방울이 날아가는 모습을 쳐다보며 '나도 저렇게 유유히 날고 싶다'고 생각하는 순간 팡 하고 터지는 비눗방울.

"하하~ 이모 거 터졌다!"

그랬다. 욕심내어 크게 불었더니 무거워서 이내 잘 못 올라가고 내려앉으며 터지고 말았다.

순식간에 터진 방울은 흔적도 없이 사라지고 만다.

"좀더 작게 불걸!"

터지고 만 방울을 보면서 묘한 쾌감과 후회가 동시에 든다.

까르르 해맑게 웃으며 가볍게 불어낸 어린 조카의 작은 비눗방울들이 내 앞을 가득 채운다.

나는 비눗방울 하나를 불면서도 좀더 크게, 좀더 멋지게 불고 싶었던 걸까.

아무래도 좋을 비눗방울 크기 앞에서 환하게 웃는 어린 조카 얼굴이야말로 순수함 그 자체였다. 그 모습을 보면서 나도 같이 순수하게 웃게 된다.

괜스레 진지하게 무거운 마음으로 살아왔던 많은 시간들이 있다.

굉장히 힘들었던 순간들도 시간이 지나면 그 감정이 점점 희석되어간다. 갇혀 있던 감정들이 조금씩 비집고 나와 부분적으로 잊히기도 하고 웃어넘기는 일이 되기도 한다. 괜찮지 않았던 곳에 에너지가 집중되어 무겁게 살고 있지는 않은지…… 다시 한번 생각해본다. 그 퇴적물들이 지금의 나를 더 힘들게 하고 있는 건 아닌지. 그렇게 무거웠다는 이야기를 지금도 무겁게 하고 있지 않은지……

삶은 시트콤이다.

슬픈 시트콤, 웃긴 시트콤, 예고 없는 이벤트의 연속.

알 수 없는 세상, 몸도 무거운데 마음까지 무겁게 있지 말자. 비눗방울 놀이를 하듯 "휴~" 하며 한 숨 크게 내쉬고 가볍게 날려보자.

지난날이 조금 가벼워졌듯이 훗날도 지금보다 더 가벼워질 것이다. 어쩌면 나이를 먹는 재미는 거기에 있지 않을까.

사실 그때 그 시간은 그럴 수밖에 없었던 시간이고, 그런 모습이 나인 것이었다. 과거의 나에게 조금 더 너그러워질 때 현재의 나에게도 너그러워진다.

오늘날의 내 모습이 언젠가 추억이 되어 그리워질 때가 오면, 지나간 날들을 떠올리듯이 "풋" 하고 가볍게 추억할 수 있을 것이다.

아무리 무겁게 고민해도 세상은 내 마음처럼 호락호락하지 않다.

어차피 내 마음대로 안 된다면, 내가 챙겨야 할 것은 내 마음밖에 없다.

자꾸만 무거워지는 이 세상에 호기롭게 가벼워지자.

"후우~" 가볍게 내뱉는 비눗방울처럼,

까르르 웃는 조카아이의 해맑은 웃음처럼.

쫄지
말자

어릴 때는 가진 것이 없어서 두려울 게 없었고 뭐든 할 수 있을 것 같았고, 미래의 내 모습에 대해 상상과 희망도 컸다. 대학을 졸업하고 사회생활을 하고 나이가 들어가면서 열정은 조금씩 식어갔다. 몸은 힘들고 근거 없던 자신감도 옅어지면서 그렇게 적당히 사회에 타협하며 살게 되었다.

돈이 필요해서 열심히 돈을 벌었더니 20대, 30대가 훅 지나갔다. 돈도 그리 많이 벌지 못했으면서 말이다.

40대가 되니 신체적 나이에, 정신적 나이에, 사회적 나이에 자존감이 점점 떨어지고 새로운 것에 도전하는 게 겁이 나기 시작했다. "아직 결혼 안 했니?"라는 말이 어떨 때는 몹시 폭력적으로 느껴졌다.

"애는 안 낳을 거니? 나이를 생각해야지"라는 말은 내가 지금까지 잘못 살아온 것처럼 느끼게 한다. 나는 정말 열심히 살아왔는데……

어느덧 열심히 달리며 살다가 이제 숨통을 조금 돌리려 하니 남들이 말하는 결혼, 아이, 나이가 내게 시한부의 큰 짐처럼 남았다. 이제는 아이를 낳기가 겁이 나기도 한다. 노산이라는 말에 망설이게 되고, 결혼이라는 말이 나의 삶의 방식에 문제라도 있는 듯 알람을 울린다.

이제야 결혼이라는 걸 할 수 있을 것 같은데,
이제 아이를 낳을 마음의 여유가 생기고,
이제 어떻게 살아야 하는지 조금 알게 되었는데.
이제는 너무 늦었다고 다들 말한다.
사회적 시간의 흐름상 늦었다면 늦은 것이겠지만 나이에 쫄면서 살고 싶지는 않다.

"그래요. 저 좀 늦어요. 늦은 사람들, 우리 나이에 쫄지 말고 살아요"라고 말하고 싶다.
나는 내게 필요로 한 시간들을, 심적 성장을 젊은 나이에 좀더 가졌을 뿐이니까.
그 시간들이 지금의 나를 조금 더 나은 사람으로 만들었다고 믿고 싶다.

나이에 쫄지 말자.

5 장
사사로운 하소연

특별한 것 없이 지나가는

작은 순간순간이 인생이다.

좋고 나쁜 게 아니라

존재 자체가 인생이다.

숲속으로

인적이 드문 숲속을 찾아갔다.

사람이 없는 곳으로 가고 싶었다.

아무도 없는 숲속은 평화롭고 한적하다.

바람이 나무에 스치는 소리가 좋고 새소리가 좋고 내 발걸음 소리가 좋다.

나무 냄새가 좋고 흙 내음이 좋고 풀 냄새도 좋다.

그렇게 홀로 있는 것이 참 좋다.

현실의 걱정을 잠시 미뤄두고 조용한 자연 속에서 홀로 순간을 만끽하며 충분히 좋아하다. 순간 혼자라는 두려움이 엄습해오면서 오만 가지 새로운 걱정들이 앞다투어 쏟아진다. 그 좋았던 혼자만의 시간이 두려움으로 바뀌면서 얼른 이곳을 떠나고 싶어진다.

마음이란 참 우습다.

분명 조금 전까지만 해도 혼자여서 좋았는데 이제는 그 마음이 혼자여서의 무서움으로 바뀐다.

마음은 잠시도 생각 없이 놔두지를 않는다.

인간은 걱정하기 위해 태어난 존재인가보다.

얼른 그 숲길을 잰걸음으로 돌아 나오면서, 좋았던 감정은 벌써 추억이 되어버렸다.

허기진 앎

어릴 적에는 궁금한 것이 있으면 백과사전을 찾아보곤 했다.
들기도 힘들 만큼 두꺼운 사전에는 없는 것이 없었고 이 책의 내용
을 다 알면 엄청 똑똑해질 것만 같아 의미 없이 뒤적거리기도 했다.
사전과 친해져서 많은 지식을 쌓고 싶었지만 그 두꺼운 백과사전을
끝까지 읽은 적은 없다.

요즘에는 사전을 뒤적거릴 필요가 없다. 궁금한 것을 스마트폰으
로 검색하면 알고 싶었던 정보 이상으로 연관성 있는 내용들까지
끊임없이 나온다. 편하고 좋은 세상이다. 지식의 세상이 너무 쉽
고 가까이 있다. 이렇게 앎이 쉬워지다보니 쉽게 아는 척을 하게
되기도 한다.

어설프게 알게 된 내용, 검색에 의한 간접경험들과 지식들이 나를
그 세계 속에 가둘 때가 많다. 아는 양 말하지만 내 것이 아닌 경험
을 말하고, 정답인 듯 말하지만 사실 정답을 모른다. 똑똑하게 살고
싶은데 어설프게 아는 것으로는 똑똑하게 살아갈 수가 없다.

오늘도 나는 이것저것 맛있는 정보들을 취향대로 모아 마음의 허기
를 채운다. 당장은 배가 부를지 모르지만 언젠가 이 지식들이 소화
가 다 되고 나면 금세 또 배가 고파지겠지.

마음속 외면했던
나

내 마음속에는 또다른 내가 있다.

내 안에 불편한 존재가 있는 건 알았지만

애써 보려 하지 않았고 궁금해하지 않았다.

그는 불러도 대답이 없다.

등 돌려 혼자 외롭게 앉아 있으면서도 내 눈치를 살핀다.

어느 날 그를 만나고 싶었다.

어둑한 공간에 혼자 앉아 있는 그에게 조용히 다가갔다.

삐죽삐죽 슬픈 듯 화난 듯 침울한 표정으로 앉아 있는 그에게 말을 걸었다.

대답이 없다.

어깨를 툭툭 치니 무표정으로 돌아본다.

머뭇거리다 먼저 손을 내밀어보았다.

그는 한참을 조심스레 고민하다 손끝에 올라앉았다.

어깨가 처지고 주눅든 모습.

작고 슬퍼 보였다.

안아주고 싶었다.

뭐든 괜찮다고, 그런 너여도 괜찮다고
그렇게 따스하게 안아주고 싶었다.

작고 부족한 나를 닮은 그를 안아주었다.
'토닥토닥…… 그럴 수 있어. 네 탓이 아니야. 누구의 탓도 아니야.
그러니 괜찮아. 계속 그렇게 웅크리고 있지 않아도 괜찮아.'
그가 고개를 들어 나를 본다.
포근하게 안아주었다.
그렇게 나는 미소 지어주었다.
그렇게 한참을 같이 있어주었다.
괜찮아. 다 괜찮아.

토닥토닥

포근

그 또한
지나가리라

우리의 하소연들은 대부분 비슷한 이야기다.
그렇게 뻔하고 비슷한 하소연을 나도 늘상 한다.
결국 살아간다는 것은 뻔한 일들의 연속인가보다.

그런 일은 새롭지 않아.
그 또한 지나가리라.

내 하소연은 해도 남의 하소연은
듣고 싶지 않을 때가 있다.

진짜 짜증나지 않아?
나한테 어떻게 그럴 수가 있어?
솔직히 그런 말은 함부로 하는거
아니잖아! 내가 정말 어떻게
살아야 해? 그래서 그랬는데 그랬다가...

음음~

맥주만

아무것도 하고 싶지 않을 때가 있다.
구석에 앉아서 그저 맥주만 마시고 싶을 때가 있다.
맥주는 사랑이다.

현재의
깨어 있음

내게 명상의 호흡은 바쁘고 지친 일상에서 나를 돌아보게 하는 좋은 시간이다.
자아로 가득차고 욕심으로 가득찬 생각들을 내려놓고 있는 그대로 스스로를 바라보는 깨어 있는 시간.

하지만 그것도 잠시, 깨어 있고자 하는 마음조차 욕심이 되면서 수많은 소리들이 나를 휘감는다.
잠깐, 아주 잠깐 찰나의 순간만 깨어 있을 뿐 나머지는 잡생각들로 가득찬다.
그러다 그런 작은 깨어 있음도 중요하다고 생각하며 호흡에 다시 집중한다.

스읍~~~ 후~~~~
스읍읍~~~후~~~우~~

그러나 역시 생각은 이미 다른 데 가 있다.

'끝나고 햄버거 먹어야지.'

나만의
호흡

몸을 위해 뭐라도 해야 할 것 같아 요가를 시작했다.

요가는 격렬한 운동은 아니지만 심신을 단련시켜주고 마음을 고요하게 해준다.

정적인 걸 좋아하는 내게 요가는 매력적인 운동 중 하나다.

요가를 할 때는 자신의 호흡을 들으며 자신만의 요가를 하는 것이 중요하다고 선생님이 알려준다. 누구를 쫓아가는 것이 아니라 나의 호흡 소리를 들으며, 나의 움직임에 귀기울이며, 나의 불편한 부분을 서서히 호흡으로 채우고 자신만의 흐름으로 요가를 하라는 뜻이다.

선생님이 자세를 알려주면 '음, 저렇게 해야 하는구나' 하고 실수 없이 잘 따라 하기 위해 애쓰게 된다.

오늘 선생님이 알려준 자세는 버티기가 여간 어렵지 않다. 호흡은 끊기기 일쑤고 부들부들거리며 자세가 제대로 유지되지가 않는다. 내 옆에 앉은 6세 꼬마도 힘들다고 하면서 안간힘을 쓰고 있었다.

'모두가 힘들어하는구나. 끙~ 근데 이런 상태에서 나만의 요가를 어떻게 유지하는 거지? 쉽지 않네.'

너무 힘들어서 눈을 질끈 감으며 버텼다. 제대로 된 호흡은 고사하고 호흡을 참으면서 그 자세로 버티기도 힘들었다. 그러다 잠시 동작을 푸는 시간이 왔다.

'휴…… 이제 끝났다' 하고 자리에 앉아 호흡을 고르는데 옆의 꼬마가 일어나질 않았다.
한쪽 눈을 살며시 뜨고 가만히 쳐다보니 꼬마는 엎드린 자세로 잠들어 있었다. 그 모습을 보는 순간 머리를 한 대 맞은 것처럼 번쩍 깨달음이 왔다!
'와~ 저것이 정말 누구의 눈치도 보지 않는 자신만의 호흡을 하는 요가구나!'
정말 솔직하고 훌륭한 반응이라는 생각이 들었다.

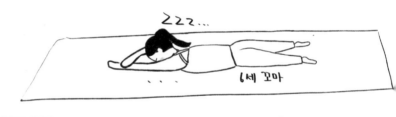

앉아서 호흡을 고르면서 그 꼬마를 힐끔힐끔 쳐다보았는데 그 아이는 수업이 끝날 때까지 일어나지 않고 깊은 수면에 빠져 자기만의 호흡을 하고 있었다.

나는 그 모습에 감탄하며 마음속으로 그 아이에게 박수를 보냈다. '나는 절대 못 할 행동이구만. 대단하다!'

우리는 언젠가부터 예의와 규율, 규칙과 타인의 눈을 의식하면서 지금 이 순간 내 몸에서 원하는 반응을 억누르거나 참으며 사회생활을 하며 산다. 혼자가 아닌 여럿이 함께하는 공동체 사회에서는 혼자만 마음대로 행동할 수 없기에 때로는 그런 것들이 필요하다. 그런데 이렇게 고민 없이 받아들이도록 학습된 사회적 약속이나 눈치 때문에 어쩌면 지금 내가 진정 원하는 것에 귀기울이지 못할 때가 있지 않을까?

무언가를 하다가 정말 힘이 들 때는, 억지로 쫓아가다 호흡이 꼬이는 것보다 잠시 푸욱 쉬고 개운하게 일어나는 것도 나쁘지 않을 듯하다. 지금 당장 그 일을 하지 않아서 큰일이 생기거나 위험해지지 않는다면 말이다.

때로는 생각의 흐름보다 몸의 흐름에 호흡을 맞춰보는 연습을 해야겠다. 요가원에서 아주 편안하게 호흡한 그 아이처럼.

에너지 발산

나는 몸치다. 그냥 몸치가 아니고 매우 몸치다.

예전에는 춤을 잘 추는 사람을 보면 너무 신기하고 그 움직임들이 부러웠다. 나는 춤을 못 추기 때문에 조금도 움직이지 않았다.

요즘은 기분이 우울해지거나 처지면 춤을 춘다.

누가 보면 그게 무슨 춤이냐고, 살풀이하냐고 할 수도 있는 움직임이지만 나는 혼자서 막춤을 춘다. 아무 생각 없이 그냥 움직이다보면 기분이 가벼워진다.

어릴 적에 엄마가 지금의 내 나이 즈음이었을 때 알록달록한 에어로빅복을 입고 집에서 혼자 에어로빅을 종종 하곤 하셨다. 나는 소파에 앉아 과자를 먹으며 그런 엄마를 재미없게 쳐다보곤 했다.

그때는 음악에 맞춰 이상한 춤을 추듯 움직이는 엄마를 보곤 '저게 뭐가 좋아서 열심히 하는 거지? 저건 춤인가, 율동인가~' 하며 '나는 절대 저러지 말아야지' 하고 생각했었다.

언젠가부터 시시때때로 혼자서 막춤을 추는 나를 마주할 때면 그때의 엄마는 그래도 나보다는 덜 몸치였구나 싶고, 엄마도 어떻게든 삶의 에너지를 발산하고 싶으셨구나 싶다. 삶의 에너지를 몸으로 발산하는 세상의 아주머니들을 이해하는 마음이 조금은 생겼달까.

그래도 에어로빅복을 입고 춤을 출 자신은 없다.

이렇게 막춤을 추는 모습이 아직은 혼자만의 즐거움이라 참 다행

이다. 끝까지 다행이기를 바라면서 오늘도 춤을 춘다.

늘 무거운
가방

가방에 한번 들어간 물건들은 가방 밖으로 쉬이 나오지 못한다.
잘 쓰지 않는 화장품이며 책, 연필, 노트, 영수증, 종이들 등등.
언젠가는 필요할지도 모른다는 생각에 꺼내지 않고 그대로 가방 안에 넣어둔다.

그래서 필요한 무언가를 꺼내야 할 때 가방 안의 모든 물건을 끄집어내야 하는 일이 허다하다. 그때마다 정리해야지 하고는 또다시 그대로 집어넣는다. 한번 들면 계절과 상관없이 늘 같은 가방을 계속 들고 다니는 나 같은 사람은 가방 속에 사계절이 들어 있는 꼴이다.

여름에 겨울 장갑이 나오기도 하고 겨울에 부채가 나오기도 한다.
늘 무겁다고 생각하면서도 꾸역꾸역 들고 다닌다.
무거운 가방과 다채로운 내용물들을 보니 내 인생의 축소판 같은 생각이 들었다.
내 인생의 축소판 같은 가방이라……
안 되겠다. 오늘은 가방 정리를 해야겠다.

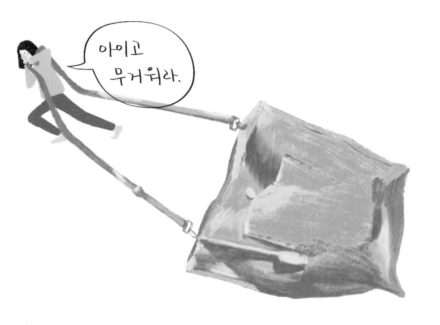

어느 날 문득
괜찮았다

나이가 들면서 부쩍 살이 찐다. 이런 걸 나잇살이라고 하나보다.
예전과 비슷하게 먹는 것 같은데 살이 더 쉽게 찌는 것 같고 잘 빠지지도 않는다.
멋진 사람들은 나이가 들어도 자기관리를 잘하며 살아가는 것 같은데 나는 그게 잘 안 된다.
현대사회에서 멋있게 살아가기란 참 쉽지가 않다.
사회적 성공을 꿈꾸고 멋진 모습을 기대하며 다들 앞으로 전진한다. 그러지 못하면 혼자만 뒤처진 느낌을 받기도 한다.
외형적으로도 건강에 지장이 있지 않으면 적당히 살이 있어도 되는데 날씬해지기 위해서 약을 먹거나 돈을 들여 위험한 수술을 받기도 한다. 화장술은 점점 더 발전하고 외모와 살에 관련된 것들이 너무도 많이 상품화되어 있다.
텔레비전 방송은 먹방, 운동, 오디션 프로그램이 대부분이다.
넘쳐나는 먹거리와 그래서 나빠진 건강을 위한 운동, 수많은 오디션 프로그램. 경쟁과 우승. 다양한 볼거리에 삶이 다양해지고 있는 것 같지만 가만히 보면 더 단순해지는 듯하다.
텔레비전 채널을 돌리다보면 같은 이야기가 반복된다.
나 또한 이런 것들에 많이 휘둘리고 있다.

어느 날, 그냥 괜찮았다 .

사회적 시선이나 관습에 시달리다가
어느 날 모든 것이 다 괜찮다는 생각이 들었다.

허벅지가 좀 두꺼우면 건강해 보여서 괜찮고,
화장을 잘 못하면 안 하면 되니 편해서 괜찮고,
성공을 못 하면 가져야 할 희망이 남들보다 많으니 괜찮고,
모자르면 가벼워서 괜찮고,
많으면 나눠줄 수 있어서 괜찮고.

어떤 현상이든 괜찮은 면을 보려 하면
괜찮을 수 있다는 생각이 들었다.
물론 쉽지는 않지만 이리저리 휘둘리며 괴로워하는 것보다는
더 괜찮은 것 같다.

어느 날 문득
그렇게 괜찮아졌다.

난 나야

세상 가장 중요한 존재는 '나'다.

누가 내 인생을 대신 살아줄 수 없기에 나로 사는 것은 무엇보다 중

요하다.

하지만 있는 그대로의 나를 인정받고 싶으면 나 또한 있는 그대로의 상대를 존중해야 한다.

'혼자여도 괜찮고 나대로 산다.'
요즘 이런 '있는 그대로의 나'를 받아들이는 사람들이 많아지고 있다. 개인적으로 좋은 방향의 에너지고 나 또한 그렇게 살고자 하며, 좋은 흐름이라고 생각한다.
그러나 나를 있는 그대로 봐주길 바란다면 나를 바라보는 상대 또한 어떤 상황이든 있는 그대로 봐줄 수 있는 마음가짐도 필요하지 않을까.

삶이 무엇인지
인생이 무엇인지
많은 생각이 고찰로 이어진다.
지금껏 나 스스로에게 너무 무거웠던 것일까.

어느 날 문득 이런 생각이 들었다.

그냥 특별한 것 없이 지나가는 작은 순간순간이 인생이다.
좋고 나쁜 게 아니라 존재 자체가 생이다.

지나가는 매 순간순간이
인생이다.

행복 찾기

행복하니?

나를 행복하게 해주나?

어떻게 해야 행복해질까?

행복을 찾을 수 있나?

행복을 찾기 위해 떠나야 할까?

행복은 어디에 있을까?

우리는 흔히 누구 때문에 불행하기도 하고 행복하기도 하며,

무엇 때문에 불행하기도 하고 행복하기도 하고,

어떤 상황 때문에 불행하기도 하고 행복을 느끼기도 한다.

그런데 행복이라는 것은 그저 존재할 수는 없는 것일까?

행복이라는 것은 찾는다고 찾을 수 있는 것일까?

찾을 수 있다면 도대체 어디에 숨어 있는 것일까?

행복을 찾아 떠나는 모험, 행복을 찾아 하는 선택들, 행복을 찾아 만나는 관계들 등등……

그런 것들이 행복을 보장해주고, 그것을 찾으면 계속 행복할 수 있을까?

어쩌면 행복을 찾아 헤매느라 진짜 행복을 보지 못하는 건 아닌지.

보물찾기 같은 행복은 어디에 있는 걸까.

우리가 가지고 있는 것들 중에 너무나 소중한 것들이 많은데도 우리는 이미 가지고 있는 것들은 애써 찾으려 하지 않는다.

맑은 공기, 건강한 몸, 자연, 내 옆에 늘 있는 사람 등등 지금 자신이 인식하지 못하고 있는 모든 것들 말이다.

몇 년 전 사고를 당했다.

넘어지면서 왼쪽 팔꿈치가 바닥에 찍혀 팔꿈치 뼈가 조각조각 으스러지는 골절상을 입었다. 나는 부수어진 팔꿈치에 판을 넣어 조각난 뼈들을 붙이는 수술을 받았다. 수술은 너무 아팠고, 뼈가 부러진

다는 게 이런 거구나 싶었다. 주치의 말이 관절 쪽 박살난 뼈를 모아서 붙인 거라 두 팔꿈치 모양이 달라질 거라고 했고, 1년 뒤에는 삽입한 판을 빼는 수술을 받아야 한다고 했다. 그리고 재활을 잘하지 않으면 팔이 그전처럼 온전히 구부러지지 않을 수 있다고도 했다. 팔꿈치 모양과 추후 수술은 둘째 치고 재활이 잘 안 될 시 팔을 수술 전처럼 쓰지 못할 수도 있다는 말이 너무 충격적이었다.

퇴원을 하고 3개월간 재활 치료를 받았다.

처음에는 팔이 전혀 구부러지지 않아서 이게 진짜 구부러지기는 하는 걸까? 하는 의문까지 들었다. 재활 기간 동안 팔이 온전히 접히지 않으니 아무것도 할 수가 없었다. 머리도 못 감고 세수도 힘들고, 로션을 바르려고 해도 발을 사용해야만 뚜껑을 열 수가 있고, 설거지도 힘들고 양말 신기도 힘들고, 옷을 입고 벗기도 힘들었다. 사고 당시 오른팔을 다친 게 아니라서 다행이라고 생각했는데 그게 아니었다. 나의 왼팔은 매 순간 너무나 중요한 역할을 하고 있었다. 나를 자유롭게 움직이게 하는 모든 것에 왼팔은 나름대로 역할을 하고 있었던 것이다. 나는 다치고 나서야 이 사실을 알았다.

'하나가 무너지니 모든 균형이 깨지고 힘들어지는구나. 팔의 모든 부분, 신경 하나하나가 이렇게 중요하구나.'

멀쩡히 사용할 때는 그 소중함을 모르다 다치고 나서야 그것이 얼마나 소중한지 알게 되었다.
평소 내 몸의 모든 세포들은 내가 인식하지 못했을 뿐 부단히 움직이고 있었고, 내가 자유로이 움직일 수 있도록 도와주고 있었던 것이다. 참 고마웠다. 평생 생각하지 못했던 세포들에게 고맙다는 말을 전하고 싶었다. 다친 팔이 다 접혀야만 행복할 것 같았는데 이미 내게 있는 인체의 모든 부분들에게 고마움을 느끼고 나니 건강한 신체를 가지고 태어나 무탈하게 살아올 수 있었던 것에 새삼 감사하고 행복을 느꼈다.

이후 재활 치료 기간 동안 나의 왼팔에게 계속 고맙다는 말을 하며 치료를 받았다. 3개월의 재활 끝에 팔이 무사히 접히게 되었고, 팔 꿈치 모양은 달라졌지만 움직이는 데는 이상이 없었고 추후 수술도 잘되었다.

어쩌면 행복은 공기 같은 것인지도 모르겠다.
찾을 때만, 필요할 때만 존재하는 것이 아니라 늘 존재했음을 알아차려야 하는 공기 같은 것 말이다.
지금 아주 사소하지만 고마운 것들, 좋은 것들, 너무 당연히 가지고 있는 것들, 내 옆에 있는 것들을 알아차리는 것. 진부한 말처럼 들리겠지만 매 순간 알아차릴 수만 있다면 어쩌면 그게 진짜 행복이지 싶다.

놀라움의 연속이다,
삶은

놀랍게도 언제 이렇게 나이를 먹었나 싶고,

아직도 돈에 연연해하며 살고 있구나 싶고,

이렇게 마흔이 될 때까지 결혼도 하지 않고 혼자일 줄도 몰랐다.

지금껏 살면서 생각해보니 내 생각대로 된 일보다 생각대로 되지

않은 일들이 더 많다는 것이 놀랍다.

그런데 이렇게 생각했던 대로, 기대했던 대로 살아지지 않았는데도

아무렇지 않고 괜찮은 게 더 놀랍다.

어디에도 흔들리지 않고 나의 속도대로 살고자 하는 삶의 철학은

있지만 늘 흔들리며 살았다.

남들과 비교하지 않으려 했지만 나의 내면에서는 자꾸 남들과 비교

하고 있다.

열심히는 살았지만 잘 살았는지는 모르겠다.

그렇게 40년이 지났다.

앞으로의 40년 동안은 어떤 일이 생길까?

어떤 모습으로 살아가게 될까?

고민하고 욕심부리며 살아왔지만 마음대로 살아지지는 않았다.

그렇지만 딱히 후회하지는 않는다.

오히려 계획하지 않았기에 생각하지 못한 경험을 하기도 했고, 의도치 않게 다가오는 일들이 힘들지만 즐거울 때도 있었으니까.

그 속에서 배우는 것들도 있었고, 그런 삶을 대하는 새로운 나의 여러 모습들을 발견하기도 했으니까.

때로는 꿈꾸던 미래가 예상과 달라서 더 재밌는 것 같다.

어쩌면 득과 실은 없는 건지도 모른다.

마음대로 되지 않아서 잃은 것도 있지만 그렇기에 얻은 것들이 또 있으니까.

그래서 앞으로의 모습들이 생각과 다른 형태더라도 더 재밌게 바라보려 한다.

"역시 예상과 다른 놀라운 삶이야!"라고 말하면서.

오랜만에 대중목욕탕에 갔다.

몸이 찌뿌둥하기도 하고 뜨거운 물속에 들어가고 싶기도 해서 잘 안 가던 대중탕을 정말 오랜만에 찾았다.

대충 샤워를 하고 열탕에 들어가 노곤하게 몸을 녹이며 주변을 둘러보았다. 일부러 그러는 건 아니지만 이상하게 탕에 들어가 앉아 있으면 주변을 관찰하게 된달까.

머리에 수건을 쓰고 얼굴까지 물속에 담그는 사람도 있고 가슴 아래까지만 물에 담그는 사람도 있고 소심하게 물장구치는 사람도 있고 붉어진 얼굴로 열심히 때를 미는 사람도 있다.

대중탕은 모두가 알몸으로 돌아다니는 재미있는 공간이다. 사실 모르는 사람의 알몸을 본다는 것이 어찌 생각하면 이상하기도 하니까.

그때 앳돼 보이는 아가씨가 수건으로 몸을 가리고 목욕탕에 들어왔다. 어차피 모두 알몸인데 뭘 가리나 싶지만 어릴 때는 왠지 가려야만 할 것 같은 마음이 든다. 나도 괜히 수건으로 가리고 다니던 때가 있었다.

그 앳된 여자는 흔히 말하는 몸매 좋은 타입도 아니고 비율이 엄

청나게 좋은 몸매의 소유자도 아니었다. 그렇지만 살집이 좀 있어도, 비율이 좋지 않아도 건강하고 풋풋한 아름다움이 내 눈에 참 예뻐 보였다.

'젊다는 건 예쁜 거구나.'

젊음을 탐하는 것이 아니다. 늙은 몸을 비하하는 것도 아니다. 각각의 나이에 존재하는 아름다움이라는 것이 있다면, 젊다는 것은 젊은 육체를 가지고 있는 것 자체일 수도 있겠다는 생각이 들었던 것이다.
그 나이에는 몰랐다. 다이어트를 하거나 화장을 해서 예쁜 게 아니라 그저 그 나이여서 예쁘다는 걸.
나는 지금 알지 못하지만 지금의 나도 현재의 아름다움을 지니고 있을 것이다. 이 나이에만 가질 수 있는 그런 아름다움을.
그게 무엇일까? 지나고 나면 보일 텐데 현재에는 알기가 쉽지 않다.
나이가 들면서 그걸 알아갈 수 있다면 참 재미있을 것 같다는 생각을 하며 탕에서 나와 때수건을 들었다.

오늘은 오랜만에 묵은 때를 밀면서 마흔의 아름다움을 생각해볼까 한다.

서핑
인생

삶의 균형을 유지하는 건 정말 힘이 든다. 하지만 인생은 균형잡기
의 연속이다.

적절한 선, 적절한 반응, 마음의 평정, 흔들리지 않게 버티기, 치우
치지 않게 받아들이기 등등…… 특히 사람과의 마음의 균형은 정
말이지 내 마음대로 되지 않을 때가 많다. 나의 파도만 있는 것이 아
니라 상대의 파도도 있어서 두 파도를 타고 함께 나아가는 것은 쉽
지 않다.

살아간다는 건 예상치 못한 상황이나 의도하지 않은 힘든 일들을
늘 마주하게 되는 것과 같은데, 그 상황에서 마음마저 휩쓸려버리
면 빠져나오기가 어렵다.

그럴 때 서핑을 하듯 있어보면 어떨까.

인생이란 바다를 항해하면서 파도는 끊임없이 밀려온다. 잔잔한 파
도는 물론 커다란 쓰나미까지. 끝이 없는 파도를 넘으며 우리는 매
일 앞으로 나아간다.

때로는 뜨거운 태양을 마주하고,

새찬 바람에 몸을 맡기며,
가끔은 소낙비에 젖기도 하면서,
수없이 흔들리며 무단히 넘어진다.

힘이 들 땐 지친 몸을 띄운 채 멍하니 하늘을 바라보는 것도 좋다.
잠시 쉬며 나를 이끌어갈 파도를 기다리면 저멀리 불어오는 미풍이
또다시 어리론가 나를 데려갈 것이다.

힘겹고 버거웠던 날들도 지나고 보니 모두가 그리운 날들이었다.
지금 이 순간도 언젠가는 간절히 그리워할 날이 올 것이다.

나는 오늘도 수많은 흔들림 속에서 중심을 잡으며 오늘의 파도를
넘는다.

저멀리 수평선 너머 나를 기다리고 있을,
내일의 또다른 나를 만나기 위해.
또다른 너를 만나기 위해.

마음만은
공중부양

오늘도 수고해준 고마운 내 마음에게

ⓒ정미령

초판 1쇄 인쇄 2021년 6월 7일
초판 1쇄 발행 2021년 6월 17일

지은이 정미령
펴낸이 신정민

기획 박민주 이희연 신정민 | 디자인 김이정
마케팅 정민호 김경환 | 저작권 김지영 이영은
홍보 김희숙 김상만 함유지 김현지 이소정 이미희 박지원
제작 강신은 김동욱 임현식 | 제작처 한영문화사

펴낸곳 (주)교유당
출판등록 2019년 5월 24일 제406-2019-000052호

주소 10881 경기도 파주시 회동길 210
문의전화 031) 955-8891(마케팅) 031) 955-3583(편집)
팩스 031) 955-8855
전자우편 gyoyudang@munhak.com

ISBN 979-11-91278-51-4 03810